EDUCAÇÃO

TÂNIA ALEXANDRE MARTINELLI
ESTOU
QUISE

AQUI SE
ME VER
1ª EDIÇÃO

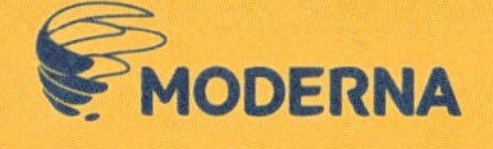
MODERNA

COORDENAÇÃO EDITORIAL	Maristela Petrili de Almeida Leite
EDIÇÃO DE TEXTO	Marília Mendes
COORDENAÇÃO DE EDIÇÃO DE ARTE	Camila Fiorenza
PROJETO GRÁFICO E DIAGRAMAÇÃO	Isabela Jordani
ILUSTRAÇÕES DE CAPA E MIOLO	Bruna Barros
COORDENAÇÃO DE REVISÃO	Elaine Cristina del Nero
REVISÃO	Andrea Ortiz
COORDENAÇÃO DE *BUREAU*	Rubens M. Rodrigues
PRÉ-IMPRESSÃO	Everton Luis de Oliveira
COORDENAÇÃO DE PRODUÇÃO INDUSTRIAL	Wendell Jim. C. Monteiro
IMPRESSÃO E ACABAMENTO	Brasilform Editora e Ind. Gráfica
LOTE	272123/272563

Dados Internacionais de Catalogação na Publicação (CIP)
(Câmara Brasileira do Livro, SP, Brasil)

Martinelli, Tânia Alexandre
Estou aqui se quiser me ver / Tânia Alexandre Martinelli. – 1. ed. – São Paulo : Moderna, 2018.

ISBN 978-85-16-11395-7

1. Literatura infantojuvenil I. Título.

18-17344 CDD-028.5

Índices para catálogo sistemático:
1. Literatura infantil 028.5
2. Literatura infantojuvenil 028.5

Iolanda Rodrigues Biode – Bibliotecária – CRB-8/10014

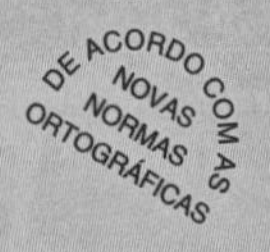

Editora Moderna Ltda.
Rua Padre Adelino, 758 – Belenzinho
São Paulo / SP – CEP: 0 3303-904
Central de atendimento: (11)2790-1300
www.salamandra.com.br
Impresso no Brasil
2018

PARA
MARISTELA PETRILI DE ALMEIDA LEITE

TCHAU

A porta foi aberta sem ruído, por isso ela ergueu os olhos somente ao perceber o vulto. Lia um livro deitada na cama, o abajur era a única luz acesa.

– Vou embora.

– Embora?

– É.

– Como assim, embora? De onde é que você tirou uma bobagem dessas?

– Não é bobagem. E você sabe de onde.

– Não sei.

– Sabe.

Fechou o livro sem o cuidado de marcar a página. Sentou-se na cama cruzando as pernas e acendeu a luz. Parecia ter se dado conta de que ele falava sério. Que não tinha entrado em seu quarto à meia-noite para fazer uma brincadeirinha qualquer.

– Não posso mais ficar aqui.

– Você está exagerando. Sabe qual é o seu problema?

– Meu problema?

– Você pensa demais! Eu já falei que... – numa passada de olhos, reparou no curativo: – O que é isso na sua mão?

– Nada.

– Ouvi um barulho. Sim! Agora estou me lembrando! O que aconteceu?

– Não muda de assunto. Vim aqui te dizer tchau.

Ela deu um suspiro e fechou os olhos, soltando o ar numa única vez. Abrandou a voz:

– E para onde você vai?

– Sei lá.

Após uma pausa, ele disse:

– Vem comigo.

– Hã?

– Isso mesmo o que ouviu. Vem comigo.

Ela esboçou um sorriso quase imperceptível, demonstrando que o convite não tinha cabimento.

Ele não insistiu, já imaginava. Deu um passo para trás e foi deixando o quarto.

– Espera!

Ele esperou. Por um breve tempo, esperou. Entretanto...

ANTES

1

Ouvi um cara dizendo que a melhor maneira de se contar uma história é começar pelo começo. Fiquei pensando: será? Comecei a ver um filme atrás do outro para saber se era mesmo verdade. Não qualquer filme. Os nacionais. Mas não qualquer nacional.

Desde pequeno sou ligado em histórias. Em boas histórias. Não gosto de tudo o que vejo, tenho a mania de analisar, procurar furos, ver se a cena seria mesmo possível na vida real. Mas há enredos que mexem comigo o tempo todo, me deixam concentrado do começo ao fim, então nem me lembro de fazer isso.

Toda história tem uma família, pai, mãe, irmão, tio, avô. Amigo, inimigo. Um desencontro, um romance, uma cidade onde tudo se passa ou ainda vai passar.

Meu pai conta que conheceu Brasília aos doze anos, numa viagem de férias com meus avós. Apaixonou-se pela cidade, achou legal, moderna, essas coisas. Era tudo novo e diferente, ruas, comércios, construções do Niemeyer e sei lá mais o quê. Já me mostrou diversas vezes umas fotos antigas em que estão ele, os pais e a irmã, uma delas na Catedral, com seus anjos pendurados no teto cor de laranja. Mas a cor é de material desbotado, de foto guardada numa caixa de papelão no fundo do armário. Meu pai voltou a Brasília outras vezes – sonha morar lá –, mas não sei se revisitou a Catedral. Eu nunca fui.

Tinha três anos, quando meu pai foi eleito vereador pela primeira vez. Digo primeira, porque houve dois mandatos. Depois se elegeu prefeito e agora quer ser deputado. Presidente? Vai saber.

A política sempre frequentou minha casa. Gente alinhada de roupa social entrava e saía, todos portando-se como amigos íntimos dos meus pais. Na época, minha mãe era fotógrafa de um jornal da cidade, aliás foi por causa do trabalho dela que se conheceram, se apaixonaram e se casaram. Não estão mais juntos há dois anos, e os motivos são muitos.

Havia uma mulher que eu achava linda demais. Seu nome era Margarete, mas todos a chamavam de Marga. Talvez tenha sido a primeira grande impressão da minha vida – eu tinha uns dez, onze anos, hoje tenho quinze. Nunca me senti apaixonado por nenhuma professora na infância, mas me senti apaixonado por essa mulher da qual não conhecia quase nada. Ela sempre chegava tão arrumada e elegante, cheirosa também, que eu simplesmente parava tudo o que estava fazendo para admirá-la. Marga sumiu de casa e outras pessoas vieram. Da mesma forma, alinhadas e íntimas.

Eu vivia numa época de desencontros, tinha terminado meu namoro com a Melissa não fazia muito tempo, às vezes me pegava calado e filosófico, outras vezes briguento e mal-humorado. Por mim, não teria terminado, eu gostava dela, mas a minha vontade não estava em questão. Ela se desapaixonou. Não sei se o termo existe ou se foi a própria Melissa quem inventou para explicar o que sentia por mim: uma despaixão, um desamor. Ou seja, não se explicava: era só fim e acabou.

Meu irmão e eu andávamos nos desentendendo mais do que de costume. Renato fazia cursinho pré-vestibular, tinha o carro que pediu ao completar dezoito anos e, até onde eu sabia, não era ligado em compromissos sérios que desestabilizassem sua rotina de boa vida.

Comecei a me irritar com isso:

– Renato, você é o cara mais folgado que eu já vi!

– O problema é meu.

Sentia raiva dessas respostas esquivas, Renato era uma péssima mostra, digamos assim, do que poderia ser a minha família. Me incomodava imaginar que as pessoas achassem que eu também fosse como ele, que não tivesse personalidade própria. Ou igual à minha mãe, que tinha abandonado a profissão de fotógrafa e a própria vida em função do meu pai. Ou igual ao meu pai.

Esbarrei no Renato no *hall* do prédio; eu saindo, ele indo tomar o elevador. Foi logo me dizendo:

– Já desceu? Só vou pegar uma coisa lá em cima, me espera aqui.

– Hã?

– Que cara é essa, Pedro?

– Não sei do que você tá falando.

– Do encontro com nosso pai.

Pesquei na memória uma vaga lembrança. Tínhamos combinado de tomar um café com ele, já que fazia duas semanas que não conseguíamos almoçar juntos. Tomar café, para mim, era meio estranho. Você toma café na casa da sua avó, da tia que a sua mãe vai visitar e insiste em te levar junto, mas café com o irmão e o pai soa estranho. Isso era coisa do Renato. Tinha certeza de que a ideia devia ter partido dele e não do nosso pai. Em campanha eleitoral, ele estava num corre-corre, para usar suas próprias palavras, não dava tempo nem de almoçar sozinho, quanto mais com os filhos – às vezes, nem estava na cidade na hora do almoço.

Quando éramos crianças, minha mãe nos obrigava a estar presentes no jantar, falava que era a hora de a família se reunir. Eu e o Renato obedecíamos, deixávamos a tevê, o computador ou o que fosse para estarmos à mesa. Acho que éramos uma família que se estruturava bem naquele padrão: pai, mãe, filho. Dois, no caso.

Por um tempo, acreditei nessa forma quadrada de ser. Sem pontas soltas, tudo se encaixava e se organizava num circuito de plena felicidade. Quando meus pais se separaram, vi que não era bem assim.

Respondi ao Renato sobre o combinado:

– Esqueci. Também não consigo lembrar por que você tanto quer esse encontro.

– Não sou eu que quero – afirmou. – A gente não pode deixar o pai excluído da nossa vida, dos nossos assuntos. Não é porque ele não mora mais com a gente que isso seria certo.

– Quanta sensibilidade.

Ele desconversou:

– Não sai daqui, já volto. O carro tá estacionado aí em frente.

Fiz um sinal negativo:

– Vou subir com você, preciso pegar minha carteira.

Durante essa breve discussão, o elevador chegou, abriu, fechou, quer dizer, quase fechou, sem que nos déssemos conta do fato. Renato deu uma corrida e apertou o botão fazendo a porta reabrir.

Mal entramos, a garota que estava lá dentro saiu, tomando o rumo das escadas.

Eu sabia que ela morava no quinto andar, o meu era o terceiro, mas o que eu não sabia era por que ela deixou o elevador e optou pelas escadas se já estava nele quando nós entramos.

– O que deu nela? – falei.

– Vou saber?

2

Minha mãe perguntou ao Renato se ele não ia terminar de comer. Já não tínhamos mais a tradição de nos sentarmos juntos à mesa, como na época em que meu pai morava conosco, por isso era comum cada um fazer sua refeição em horários diferentes, às vezes um lanche rápido, na cozinha mesmo. Ora ou outra dava certo e a família se reunia. Como nesta ocasião.

– Já terminei – ele respondeu. – Tô com pressa.

– E aonde vai?

Ergui os olhos, meu irmão limpando a boca no guardanapo, já em pé.

– Renato, fiz uma pergunta.

– Dar uma volta, mãe! Tchau.

Renato saiu e minha mãe ficou mexendo os talheres no prato, fingindo prestar atenção na comida. Não faço ideia em que ela pensava, mas não acredito que essa distração toda fosse por causa do meu irmão. Ela estava longe.

– O que você tem? – perguntei.

– Eu?

– Quem mais?

– Não tenho nada – ela deu um suspiro. – E a Melissa?

– Que é que tem a Melissa?

– Você ainda gosta dela, né?

– Não tô a fim de falar da Melissa, mãe.

– Eu gostava. Estava acostumada. A casa tinha ficado mais alegre, vocês viviam por aqui, um entra e sai... De repente, ficou esquisito.

– Esquece.

– Você tem visto o seu pai?

– Não. Quer dizer, vi há uns dias, fomos tomar café juntos, eu e o Renato.

– E ele disse alguma coisa?

– Tipo?

– Sei lá, alguma novidade... Você acha que isso vai dar certo? Essa namorada, quero dizer. Vocês já a conheceram?

– Eu, não. Parece que o Renato, não tenho certeza.

– Enfim, de todo modo, nós temos que fazer campanha pra ele porque...

– Nós temos?

– Claro!

– E qual é o argumento?

– Que ele é seu pai. Fica bom pra você começarmos por este argumento?

– Fraco.

– Pedro! Não comece a me irritar, hein? Maldita hora em que você e a Melissa terminaram. Você estava muito mais sossegado ao lado dela, agora anda rebelde.

– Eu, rebelde?

– E não? Basta eu falar uma coisa, já vem com outra. – Ela foi se levantando para deixar a mesa, mas de repente mudou de ideia. Apoiou as mãos no encosto da cadeira e me encarou de um jeito sério: – Seu pai sabe disso? Você falou pra ele que anda com historinhas na cabeça? Olha, Pedro, a vida não é tão simples como você imagina. Fazer política requer um enorme jogo de cintura.

– As pessoas têm reclamado.

– Reclamado de quê? Todo mundo sempre reclama de alguma coisa, e a vida inteira vai ser assim. Filho, não entre nessas conversas de elevador, de corredor de escola, nada. A nossa vida é só a gente quem sabe. Sei que você anda incomodado com alguns assuntos, mas acredite: é assim mesmo, tá bom?

No início do ano, houve um debate na aula de História sobre as eleições que ocorreriam no segundo semestre.

A professora começou dizendo que aquele era o ano, o momento, a chance, oh!, afinal, quantos não puderam escolher seus representantes no passado? E falou sobre a Ditadura Militar, quando os militares governaram o país por vinte e um anos, e muitas pessoas não puderam questionar, se expressar e por conta disso foram obrigadas a deixar o Brasil.

Um assunto que me parecia enjoativo e distante, já que vivemos numa época em que cada um fala o que bem entende. A reação da classe foi mais ou menos parecida, fizeram cara de que pouco se importavam com o que tinha acontecido lá atrás.

"O tempo é a minha matéria, o tempo presente, os homens presentes, a vida presente." Tínhamos acabado de estudar esse poema do Carlos Drummond de Andrade havia apenas cinquenta minutos e agora a professora nos propunha que voltássemos cinquenta anos no tempo. Pensei nesse disparate e até ri, disfarçado. Quando me peguei prestando atenção nela outra vez, ouvi uma espécie de bronca: "vocês precisam conhecer nosso país, o passado do nosso país". Até aí, sem novidades, desde que eu entrei na escola, todo mundo fala a mesma coisa.

Voltamos à questão do voto e, num certo momento, alguém a contestou: eu não sou obrigado a escolher. Não sou obrigado a pensar nisso aos quinze anos, um desperdício de vida, uma chatice sem fim. Muda o quê?

O debate esquentou e chegou até mim. Meus inimigos me vendo como o filho do prefeito que não fez nada pela cidade nos últimos quatro anos nem como vereador por dois mandatos inteiros. Ora, alguém sempre precisa receber a culpa daquilo que não vai bem e, nesse caso, esse alguém era eu, a pessoa mais próxima.

Melissa me olhou, de viés. Sim, ela estava na minha classe. E quando rebati aquele ataque com "por que votaram nele, então?", ela bem que poderia ter dito algo em minha defesa: "Conheço o Luciano. Ele é legal, não é isso que vocês dizem, não fez mais porque não deu, é difícil governar". Não, ela não falou. Desenhava qualquer coisa no caderno, deixando a discussão para lá. Era o que costumava fazer quando a conversa não lhe interessava e não estava a fim de prestar atenção.

Eu também não estava a fim. Não pedi para ser filho de vereador, de prefeito, nem de futuro (?) deputado federal. Detestava falar de política.

Mas, incrível!, ninguém se tocava disso.

3

Uma vez, enquanto estudava no quarto, me surpreendi com uma propaganda de rua. Era comum algum carro passar gritando um serviço qualquer, mas nesse caso achei engraçado.

Levantei da cama e fui até a varanda:

"– Atenção, dona de casa! Se o seu guarda-chuva ou sombrinha quebrou, nós arrumamos pra você! Não fique com sua sombrinha ou guarda-chuva quebrado. Traga que nós consertamos! Aproveite! Sua sombrinha ou guarda-chuva ficará novinho, novinho. É o conserto da sombrinha ou do guarda-chuva. Não tome chuva! Traga seu guarda-chuva!"

O cara repetia tanto as mesmas palavras, mas tanto, que acabei dando risada sozinho, imaginando o que o pobre motorista precisava aguentar todo santo dia.

Não sei por que, virei a cabeça para cima e acabei flagrando a menina do quinto andar espiando a rua, talvez motivada pela mesma curiosidade que a minha. Ao me ver, agiu como se tivesse dado de cara com a coisa (sim, coisa) mais desagradável do mundo: saiu da janela imediatamente.

Caramba! O que é que eu tinha feito para essa garota? Comecei a achar que aquela história do elevador não tinha sido apenas uma coincidência.

Fui à cozinha, encontrei o Renato sentado à mesa, comendo um lanche. Abri a geladeira, fiquei um segundo pensando no que eu queria e então tirei um embrulho com presunto fatiado. Peguei queijo também e levei tudo para a pia. Sanduíche feito, fui até a mesa.

Mirei o Renato concentrado, cabeça baixa, mastigando.

– Queria te perguntar uma coisa – falei.

– Pergunta.

– Você conhece aquela menina do quinto andar?

– Que menina?

– Aquela. Do elevador.

– Sei lá do que você tá falando...

– Não lembra que no outro dia ela saiu do elevador assim que nós entramos?

– Ah... – Renato deu outra mordida, sem pressa em responder. – Conheço tanto quanto você. Mas o nome dela é Maria Aline. Por quê? Ficou interessado?

– Não é isso.

– Desiste. A menina é muito fresca.

– Você não acabou de dizer que não conhece?

Renato levantou-se, tomando em pé o último gole de suco. Em seguida, foi até a pia e deixou o copo lá dentro.

Fiquei sentado, olhando para ele, que apenas me informou:

– Fui!

Às vezes, eu ficava imaginando como seria se eu tivesse um irmão mais novo e não mais velho, como o Renato. Mas não sei se o problema entre nós era a idade, sei que três anos fazem alguma diferença, mas lembro que brincávamos juntos quando crianças, ele tinha paciência em me ensinar alguns jogos, brincadeiras, líamos juntos antes de dormir. Mas isso quando eu era pequeno. Depois dos meus onze, doze anos, tudo mudou. Quem mudou? Talvez nós dois.

Minha mãe apareceu para pegar um copo de água, eu ainda não tinha terminado de comer.

– Oi, filho! Tá bom esse lanche?

Fiz que sim:

– Presunto e muçarela. Quer?

– Não, obrigada. Onde seu irmão foi? Escutei uma batida na porta da sala.

– Mãe, você acha mesmo que eu sei alguma coisa do Renato? Até parece.

– Ah, esse menino...

As reticências não tinham muito a ver com a ausência do meu irmão. Pela forma como me rodeava, percebi que ela queria começar um assunto comigo. Mas eu não disse nada. Se estava se enrolando toda para falar era porque não devia ser um assunto muito bom. Para mim, quero dizer.

Após uns segundos, vi que a minha teoria estava correta.

– Pedro, seu pai precisa de nós.

– Como assim?

– Troquei algumas mensagens com ele ontem à noite. Está preocupado.

– Com quem?

– Com as eleições.

Dei uma risadinha com o canto da boca.

– E o que é que eu tenho a ver com isso?

– Sabe que é o sonho dele. Morar em Brasília.

– Sem essa, mãe. Ele poderia ter se mudado pra lá quando bem entendesse.

– A carreira dele estava aqui!

Inútil discutir.

– Tá bom. Esquece. Mas continuo não tendo nada a ver com isso.

– Ele *precisa* se eleger.

– De novo essa conversa? Eu nem voto ainda, esqueceu?

– Não estou falando em voto, estou falando em apoio. Apoio moral. Nós temos a obrigação...

– Você vê as redes sociais?

– Mas é claro!

– Pois não parece, sabia? As pessoas estão descontentes com o governo dele.

– Não é verdade.

– Como não? Mãe, você não enxerga?

– Já te falei que as pessoas reclamam porque adoram reclamar. Se faz é porque fez, se não faz é porque não fez. Ah!

– Avenida América, Viaduto Lima, Cemitério da Paz.

– Que é isso?

– Obras com problemas, obras sem terminar, custos elevados de...

– Chega, Pedro!

Deixei a frase sem concluir, pois minha mãe estava brava de verdade. Fiquei à espera do que ela teria a dizer, o que ocorreria um instante depois:

– Ele está se defendendo, você sabe disso. As coisas não saíram como planejou, não foi culpa dele... Nossa, Pedro, são tantos percalços! Agora, se nem o próprio filho acredita!

– Não se trata disso.

– Então, se trata de quê? O que foi que ele te fez? Você não lembra como era a nossa família, como curtimos tantas coisas juntos, nós quatro...

– Mãe, isso acabou, você não percebeu?

– Pedro, faz dois anos que eu e seu pai nos separamos. Como eu não teria percebido, hein?

Fechei os olhos e balancei a cabeça para os lados:

– Às vezes, tenho a impressão de que você ainda não se deu conta.

– Não fala bobagem.

– Não é bobagem! Você age como se a sua vida fosse a mesma!

– E isso não é bom? Isso não significa que estou bem? O que você queria?

– Eu queria que você se reerguesse.

– Eu não caí, como posso me reerguer?

– Você não entende...

– Não entendo mesmo! Você mudou de assunto, estamos falando do seu pai.

– Eu não te vejo preocupada com suas coisas, só com essa porcaria de campanha pra deputado! Você não é mais a fotógrafa que tem que fazer reportagem com o meu pai, você não tem que fazer campanha pra ele, você não é mais nada dele!

– Ele é seu pai!

– Meu, não seu! Por que não olha sua vida e esquece ele!

– Pedro!

Quando minha mãe gritou meu nome, porque ela gritou, tive a impressão de que a vontade dela fosse me dar um tapa ou dizer que lavaria minha boca com sabão, como se eu ainda fosse criança e tivesse acabado de soltar um palavrão.

Ela arrastou a cadeira fazendo o máximo barulho possível e saiu da cozinha sem me dizer mais nada.

4

Não tive uma noite muito boa, o sono interrompido várias vezes – banheiro, cama, cama, banheiro –, o que consequentemente fez da manhã seguinte uma péssima manhã.

Cheguei à escola, calado, sem nenhuma vontade de conversar e com muita disposição para xingar qualquer um que me atormentasse.

Na hora do intervalo, meus amigos e eu fomos para o pátio e, no caminho, fiz a besteira de dar uma olhadinha para a Melissa, que estava com as amigas a certa distância.

Renan foi o primeiro a levar patada, já que falou o que não devia:

– Esquece a Melissa, cara.

– Alguém pediu sua opinião?

Ele nem ligou:

– É de graça, rá-rá-rá.

– Eu já descurti a Melissa, acho bom não me encher.

– Ô.

– Palhaço! – dei-lhe um empurrão no ombro, ele continuou se fazendo de desentendido, achando graça em me irritar.

Aos poucos, meu azedume foi passando, acabei rindo das besteiras que diziam, esquecendo as coisas que me chateavam. Combinamos um jogo de *vídeogame* na casa do Cléber, à tarde, logo depois da minha aula de Inglês – eu fazia aulas duas vezes por semana.

Seja lá onde eu estivesse, meu pai não costumava aparecer sem ter combinado comigo antes, principalmente depois que deixamos de morar na mesma casa. Em parte, porque "sua agenda era complicada" – palavras dele.

Contudo, nesse dia, lá estava ele, em frente à escola de Inglês.

– Filho! – chamou de dentro do carro, do outro lado da rua.

Olhei para o som de onde vinha a voz.

– Quer uma carona?

Caminhei até lá, aproximando-me da janela do motorista:

– Tô indo pra casa do Cléber.

– Eu te levo.

– Não precisa, é perto.

– Deixa disso. Entra aí.

Dei a volta e entrei no carro. Coloquei o cinto de segurança, meu pai acelerou.

– E aí, filho?

– Tudo bem – respondi.

Percebi que ele deu uma rápida olhada para mim.

– Não parece...

– Tô bem, sim.

– Quando é que a gente pode conversar?

– Ué? Não estamos conversando?

– Conversar com calma, quero dizer.

– Pai, é você que tem uma agenda *complicada*, não eu.

Ele deu outra olhadinha.

– Está sendo irônico?

Balancei a cabeça em sinal negativo.

Chegamos à casa do Cléber, meu pai estacionou, e eu desafivelei o cinto:

– Obrigado pela carona.

– Espera um pouco, Pedro. Por que você anda frio comigo? Eu te fiz alguma coisa?

– Não, pai. Saí do Inglês agora, tive aulas a manhã inteira, tô cansado, só isso. Muita coisa na minha cabeça.

– Algum problema na escola?

Engraçada essa pergunta do meu pai. Fazia tempo que meus problemas não se resumiam às provas, trabalhos ou notas ruins. Tinha uma vida para além desse círculo, mas meu pai parecia não enxergar. As coisas mudaram desde que ele saiu de casa há dois anos e eu passei a conviver mais com minha mãe. Na verdade, às vezes eu sentia como se tivesse mudado muito, mas muito mesmo, uma transformação radical.

– Não, pai – respondi.

– Almoçamos juntos amanhã, pode ser? Eu te pego depois das aulas, a gente escolhe um restaurante sossegado.

– Por que isso? É por causa da campanha?

– Claro que não. É por causa de nós dois. Não quero me distanciar de você, Pedro. Naquele dia do café, você parecia estar num outro mundo, praticamente só o Renato falava.

Fiz uma cara que significava: "como queria que eu falasse, se ele não deixava?".

Meu pai parecia ter lido meu pensamento.

– Seu irmão é muito expansivo. Quer contar tudo, me colocar a par das novidades... Foi por isso que eu pensei: o Pedro precisa de um tempo comigo – deu uma pausa. – Sozinho.

Balancei a cabeça para os lados.

– Pai, eu tô bem, não precisa se preocupar.

– Está recusando meu convite? Eu gostaria *muito* de almoçar com você.

Meu pai se mostrava sincero. E aquele seu tom de voz amoleceu meu coração.

Por que eu precisava ser tão duro, por que não deixar que rolasse uma conversa normal entre nós, pai e filho? Qual o problema?

– Tá bom. Me pega na escola amanhã.

Ele me deu um beijo e eu saí do carro.

5

Meu pai estava dez minutos atrasado, e eu não achei ruim.

Por causa de um detalhe:

– Oi, Pedro!

Melissa. Acho que não consegui disfarçar a surpresa, afinal, fazia tempo que ela não se aproximava tanto.

– Oi, Melissa! Tudo bem?

Ela disse que sim, me devolveu a pergunta, e eu respondi que também estava.

– Vi você aqui sozinho e...

Como demorou a completar, encorajei-a:

– Fala! – meu coração bateu mais forte.

– É que... É estranho.

– O que é estranho? Falar comigo ou o conteúdo da conversa?

– A primeira coisa.

– Ah... Sou o mesmo Pedro de antes.

– Às vezes, penso que você tem raiva de mim.

– Claro que não!

Escutei uma buzina e olhei para o lado. Que azar! Por que meu pai não atrasou mais dez minutos?

Como o tempo é relativo. O mesmo minuto durando horas, as horas durando minutos... Tudo depende do motivo, do quanto você quer esticar ou encolher o momento, do quanto ele é significativo ou não.

Quantos filmes já abordaram a questão do tempo? Tempo que volta, tempo que para... Conheço uma porção.

Mas naquela hora não fiquei filosofando sobre isso, nenhum desses pensamentos passaria pela minha cabeça nos próximos segundos entre olhar para o carro, fazer um sinal de "já vai", olhar de novo para a Melissa e pedir outros minutos ou horas ou dias inteiros para conversarmos melhor. Fazia tempo que eu não sentia seu cheiro de tão perto. Um perfume bom.

Melissa deu um aceno para meu pai e depois voltou-se para mim:

– Você tem que ir, né?

– Tranquilo. Ele espera.

Outra hora a gente conversa.

– Quando?

– A gente se vê todo dia, pra que marcar hora?

– Amanhã, então – marquei mesmo assim. Claro que demonstrei ansiedade. Melissa deu um sorriso, acho que confirmando, e então nos despedimos. Sem beijo no rosto nem abraço.

Ao entrar no carro, ouvi:

– Você e a Melissa voltaram e eu não estou sabendo?

– Não, pai.

– Ah...

Ficamos meio quarteirão em silêncio.

– E aí? Onde quer almoçar? Algum lugar sossegado, como eu disse ontem, senão a gente não conversa!

Dei de ombros. Não adiantava nada um lugar sossegado se ele ficasse atendendo ao celular, como era o que geralmente acontecia. Falei para ele escolher, para mim estaria bom qualquer restaurante. A animação dele não me contagiava.

Pedimos nossos pratos, dois sucos de laranja, e meu pai atendeu a um telefonema. Foi rápido. Em seguida, desligou o aparelho e o colocou sobre a mesa, ao lado da carteira.

Ele percebeu que o vi fazendo isso e se adiantou:

– Se eu ficar atendendo a todo mundo, a gente não conversa.

Era a segunda vez que ele falava em conversa, e eu comecei a achar que havia algo mais sério. Será que alguém estava doente...? Minha mãe?

– Tá tudo bem, pai?

– Sim. Quer dizer, mais ou menos, as coisas andam um pouco complicadas, mas vou contornar tudo isso.

Não era ninguém doente. Fiz cara de preguiça.

Ele continuou:

– Vou falar de uma vez, porque estou engasgado com essa história. Sabe, Pedro, você cresceu, tem idade para compreender o que acontece, não é mais aquele garotinho que me perguntava as coisas com a maior naturalidade, aberto para me ouvir, escutar minhas respostas, enfim, você tem suas próprias ideias, eu sei, e algumas vezes elas pendem para um lado, para o outro, o que é normal, até.

– Pai, do que é que você tá falando?

– Filho, pergunte a mim o que quiser saber, está bem?

– E o que é que eu quero saber?

– Sobre o que tem ouvido por aí a meu respeito.

– Ah... – Encostei-me na cadeira e ergui as sobrancelhas, como quem começa a concatenar os fatos.

– Quero que fale comigo, em primeiro lugar. E eu te explico.

– Avenida América, Viaduto Lima, Cemitério da Paz.

– Quê?

– Você não disse pra eu perguntar?

– E isso é uma pergunta?

– Sim. Avenida América, Viaduto Lima, Cemitério da Paz. Escuto isso todo dia, ultimamente. Não as três coisas de uma vez.

– Escuta onde, Pedro?

– No prédio. Na escola. Na padaria.

– Desde quando você frequenta padaria?

– Você entendeu.

– O pessoal da sua escola anda falando de mim? Quem?

– Você tá mudando de assunto.

Ele respirou fundo.

– Está certo. Alguns rumores...

– Rumores, pai? – ri, sarcasticamente. – Se for pra você vir com discurso ensaiado, não fala nada.

– Credo, Pedro! Me trata como se eu não fosse seu pai.

– Você é o prefeito, a gente não veio aqui falar de política?

– Melhor a gente começar de novo.

– A gente já começou.

– Não começou. Está me tratando como alguém detestável, que não liga a mínima para você. E antes que abra a boca e fale uma besteira, se eu não ligasse, não estaria aqui. Não desligaria meu celular para ficar inteiro com você. Se tem dúvidas quanto à veracidade dos fatos (nessa hora, ameacei dar uma risadinha, mas me toquei que não seria legal), eu te falo o que quer saber. Sei o que dizem, eu leio jornais. E para cada item eu tenho uma resposta (fiquei pensando em completar com "pronta", mas aí sim eu ia tomar uma de encontro).

Para ser sincero, eu estava achando aquilo tudo muito chato. Política, para mim, era chata. E falar sobre ela com seu pai num horário de almoço depois de seis aulas puxadas era muitíssimo chato. Me senti um bobinho caindo naquela conversa do "gostaria muito de almoçar com você".

– Filho, se você puder ler tudo o que eu já disse a respeito da Avenida América...

– Quer que eu leia? Você acabou de dizer que me responderia qualquer coisa e agora quer transformar nossa conversa numa leitura? Sim, senhor prefeito, qual é a página que...

– Pedro! Quer se acalmar? Eu não ia falar para você ler em vez de me ouvir. É que uma coisa não exclui a outra, entende? Queria apenas que você se aprofundasse na questão, que não é tão simples.

– Resume.

Meu pai soltou todo o ar pelo nariz e numa única vez.

– Faltou dinheiro para a conclusão de algumas etapas das obras da Avenida América. A ideia no princípio era uma, mas com tantos problemas no decorrer do caminho, o custo aumentou sem que nós pudéssemos prever. O viaduto Lima estava entregue ao abandono e eu o revitalizei. Nenhum pedestre passava lá à noite sem sentir medo de ser assaltado. Não é mais escuro agora, o local está iluminado, a travessia por ele ficou muito mais segura. O Cemitério da Paz estava caindo aos pedaços e...

– Os mortos precisavam de mais conforto.

– Os familiares precisam. Olha, Pedro. Estou me cansando das suas ironias, ouviu bem?

Fiquei meio arrependido nessa hora. E se meu pai estivesse falando a verdade? Faltou dinheiro para isso, no meio do caminho estragou aquilo, as pessoas só sabem reclamar mesmo, como disse minha mãe. Pai e mãe falando a mesma coisa, até que ponto estaria certo duvidar? Que sabia eu de política? Não conhecia nada de nada e agora ficava me julgando o *expert* no assunto. Vai ver eu era um idiota, um cara que não conseguia admitir que ainda estava apaixonado pela Melissa e que, juntando tudo num bolo só, resolvia descontar em pai e mãe.

– Desculpa. Ando meio nervoso.

Meu pai relaxou os ombros e se ajeitou melhor na cadeira. Nosso suco já tinha chegado havia um tempo e ele aproveitou para se refrescar. Fazia calor, apesar do ar--condicionado ligado.

– Por que anda nervoso?

– Porque sim – respondi. – Não tem motivo específico.

– É a Melissa?

Mais um para falar nela. Culpa minha, quem mandou não pedir desculpas e só?

– É tudo, pai. Não menti quando falei que as pessoas andam me olhando torto por eu ser o filho do prefeito. Você está na mídia, quer eu queira ou não.

– Não dá bola.

– Pai. Isso é sério.

– Isso é *bullying*. Acha que *bullying* é só botarem apelidos uns nos outros?

– Claro que não.

– Pedro, já estou há alguns anos na política para saber que nem tudo ocorre como se planeja. Não me refiro só à gestão do governo, mas de um modo geral. Há muitos confrontos. Às vezes, é como se estivéssemos numa guerra. Temos que lutar contra o inimigo com todas as nossas forças.

Inimigo? Guerra?

Nosso almoço chegou e conversamos sobre outros assuntos com mais amenidades, sem tantas faíscas. Expliquei melhor o que tinha acontecido entre mim e a Melissa, os motivos que não tinham. Meu pai falou da Ivana, a namorada, se eu queria conhecê-la. Fui sincero, disse que ainda não estava a fim. Ele perguntou se eu queria sorvete e eu quis. Depois disso, me levou para casa, e nos despedimos com um forte abraço.

6

Eu tinha treze anos quando meu pai saiu de casa.

Uma semana antes, ele e minha mãe brigaram feio no jantar, num restaurante a que costumávamos ir com certa frequência. Não quis ouvir a discussão até o final, saí da mesa num desespero e corri pela rua na direção do nosso carro. Apoiei os braços dobrados no teto do veículo, abaixei a testa, fechei os olhos, e o rosto ficou molhado de tanta lágrima sofrida. Nunca tinha chorado com tanta força. Nessa hora, percebi que eu não podia fazer nada a respeito da separação deles e que por mais que eu quisesse nada iria mudar.

Minha mãe foi atrás de mim, enquanto meu pai ficou pagando a conta. "Não chora", ela disse. "Vai ser melhor assim." Perguntei para *quem* seria melhor. Para eles? Para um deles? Para mim, que não.

Meu pai chegou logo depois com Renato, um dos braços por cima do ombro do filho, Renato ouvindo atentamente o que ele dizia, sem demonstrar tristeza ou raiva. Era a maturidade em pessoa.

Entramos no carro, meu pai deu a partida e, antes de engatar a marcha, olhou para trás:

– Você está bem, Pedro?

Virei o rosto na direção da janela, olhei a rua escura e vazia e não lhe respondi. Menino mimado, emburrado, eu não tinha a maturidade do meu irmão para compreender que as pessoas se separam. Que um amor não dá certo, não interessa se é de pai e mãe. Dane-se. Eu estava sofrendo.

Melissa apareceu um ano depois e todo mundo ficou feliz. Foi a primeira pessoa por quem me apaixonei. Como minha mãe, ela também tinha um pouco esse jeito de apaziguar, de não pender nem muito para um lado nem para o outro. Comecei a pensar que era o melhor a se fazer. Com tudo, com todos os problemas. Este caminho do meio.

Faltando minutos para as seis da manhã, eu já estava acordado e disposto. Por causa da Melissa, do encontro marcado, coisa que eu nem esperava, de surpresa. Estava pressentindo que alguma coisa nova poderia rolar entre a gente. Pensei nisso quase a noite inteira, nessa possível segunda chance, e dormi meio acordando, sonhando com ela.

Não tinha sono algum ao chegar à escola, ao contrário, falava pelos cotovelos, animado. Renan me perguntou se tinha acontecido alguma coisa. "Por quê?", joguei de volta. Eu estava do mesmo jeito de sempre.

Não convenci. Renan veio com um categórico "não, não mesmo!", e, para completar, Cléber se intrometeu na discussão ficando do lado dele. Um complô.

Chato quando até seus amigos ficam te achando um cara chato.

Conhecia Cléber e Renan desde os tempos da educação infantil. Era aquele tipo de amizade que prossegue com o passar dos anos, todos na mesma classe, amigos de ralar de bicicleta juntos, dos primeiros choros e empurrões, das piadas inocentes às mais escabrosas, das risadas aos segredos. Nós tínhamos a mesma idade, a diferença de meses, e alguns conflitos semelhantes, outros nem tanto. Mas um ponto era indiscutível: ninguém tinha na família um político como eu tinha.

Apenas quando deu o sinal da hora do intervalo foi que eu lhes disse que iria conversar com a Melissa e que os encontraria depois, no pátio. Antes que fizessem uma cara maliciosa, no melhor estilo "ah, agora, entendi!", tive a paciência de explicar que, na verdade, era *ela* quem queria falar comigo e não o contrário. Também não deixei espaço para piadas – duvidava que não viessem – ou qualquer comentário que fosse.

Fiquei de olho na Melissa, ainda sentada, arrumando sua bolsa. Saí e esperei lá fora, no corredor. Ansioso, bastante. Meu professor passou, me falou tchau. Dei uma espiada e a vi numa rodinha no meio da sala, conversando. Eu estava aflito, pensando que, quanto mais ela demorasse para sair, menos tempo teríamos para conversar.

Finalmente, a turminha começou a caminhar em direção à porta, a passos de tartaruga. O assunto deveria ser mesmo interessante, porque a Melissa estava mais distraída que qualquer outra coisa. Nem olhava para a frente, escutava o que uma das meninas falava, na maior atenção.

Assim que deu um passo além da porta, chamei-a de lado, colocando a mão em seu braço. A princípio, Melissa olhou com estranheza aquele toque, como se não tivesse entendido minha atitude.

– A gente pode conversar? – perguntei, já meio que explicando: – Ontem, você disse que queria falar comigo.

– Ah, sim... Mas não era nada urgente.

– Fiquei curioso – dei uma risadinha amarela. Curiosidade? Mentira.

Seus amigos foram se distanciando, ela ficando ali comigo. Demorou um pouco para me dizer:

– Era sobre o seu pai.

– Meu pai?

– Gosto do Luciano.

– E o que tem a ver...

– Eu sei o que você tá sentindo, Pedro.

Cruzei os braços e fiquei esperando a Melissa prosseguir:

– Você já me contou que seu pai se afasta da família na época das eleições, sua mãe também acaba ficando por conta da campanha, seu irmão daquele jeito, né?, e agora pra complicar... Me senti mal naquele dia. Virou um bate-boca na classe, não quis me meter, sabe como eu sou, odeio discussões, nem nas redes sociais, quanto mais ao vivo.

Dei um tempo, ligando os pontos.

– Era sobre isso, Melissa? Isso que queria falar comigo? Me dizer que se sentiu mal?

– Eu me senti mal por você! Deveria ter te procurado logo em seguida...

– Pra me dar seu ombro?

Ela mudou o tom, ficando séria, um tanto sarcástica:

– Talvez.

– Não preciso do seu ombro, Melissa.

– Como você é grosso! Tá vendo só por que não deu certo?

– Ah, então foi esse o motivo? Escuta aqui, desde quando eu já fui grosso com você, hein? Achei que o nome fosse outro.

– Que nome? Do que é que você tá falando?

– Lucas.

– Lucas? – ela forçou um riso. – Como você é idiota! O Lucas é meu amigo, sempre foi.

– Isso é o que você diz.

– Vai se danar, Pedro!

Melissa me largou no corredor, furiosa. Dei um murro na parede, quase quebro a mão.

7

Fechei a porta do carro com tanta força que a minha mãe se assustou:

– Nossa, Pedro! Precisa bater a porta desse jeito?

– Melhor não falar comigo hoje.

– Que aconteceu?

– Não quero conversar.

Percebi, com o canto dos olhos, que ela virou o pescoço e se deteve em mim por alguns segundos. Temendo que seu olhar alcançasse onde não devia, tapei a mão machucada com a outra por cima. Estava vermelha, um tanto esfolada. Ainda doía um pouco, mas não era esse o motivo da contrariedade. Renan queria que eu tivesse ido à cantina pedir gelo para colocar ali. Gelo? Chamar atenção? Nem morto.

Minha mãe dirigiu sem fazer mais perguntas. Durante o caminho, possivelmente comentou algo sem grande importância, tanto que nem me lembro mais. Passamos no cursinho para pegar meu irmão e seguimos para casa.

Chegamos à garagem do prédio, ela estacionou o carro, eu desci, e dessa vez tomei cuidado com a porta. Não que eu estivesse mais calmo – eu não me acalmaria naquele dia inteiro –, mas não queria arranjar novo motivo para discussão.

Não sei se minha raiva maior era por causa daquela conversinha aguada da Melissa em querer me ajudar ou se era por eu ter pensado durante tanto tempo que ela tinha se arrependido da separação.

Depois do almoço, fiquei no quarto vendo alguns vídeos na internet, coisa que eu sempre fazia, mas nada foi capaz de despertar meu interesse. Tentei escrever um pouco, também não deu certo.

Nesse meio-tempo, Renan me mandou uma mensagem. Não respondi.

Aí, me ligou:

– Tá melhor?

– Não tô doente.

– O que aconteceu naquela conversa com a Melissa? Fiquei sem entender.

– Renan, se eu estivesse a fim de falar, teria falado naquela hora, não acha? Tô vendo uns vídeos aqui, se foi por isso que me ligou...

– Por que não conta? Vai se sentir melhor.

– Tchau, Renan.

– Espera! Tem outra coisa.

– O que você quer? Já falei que tô ocupado.

– Me ajuda com o trabalho de Biologia?

– Quê?

– Não tô entendendo o que a professora quer.

– Cara, eu já te expliquei isso ontem, esqueceu? Abre seus livros aí e procura.

– Credo! Que mau humor!

– Também! Você quer que eu faça tudo pra você!

– Eu não falei nada disso! E se quiser me pedir desculpa agora, pode pedir.

Silêncio.

– Olha, Renan. Vê como eu tô chato? Reconheço. Acha mesmo que eu posso te ajudar hoje? Sem chance, cara.

– Já que é assim, esquece o trabalho. Vem aqui em casa e a gente conversa sobre outros assuntos.

– Ah... Entendi a jogada.

– Não tem jogada nenhuma. Só tô querendo ser seu amigo.

Não respondi de imediato. Ele reforçou:

– Tô sendo sincero.

Verdade. Ele estava. Eu não merecia sua amizade.

– Tá legal! – concordei. – Daqui a uma hora, mais ou menos, eu tô aí.

– Beleza! Não vai furar, hein?

– Que furar, Renan! Falei, tá falado.

Maria Aline entrou no prédio no momento exato em que eu chegava à portaria. Claro, sem olhar na minha cara.

Depois de uma rápida análise, percebi que esta não tinha sido a segunda nem a terceira vez, eu é que não tinha reparado antes. E cheguei à incrível conclusão de que ela *nunca* me olhou na cara. Nunca me cumprimentou, seja passando perto ou longe.

Confesso que isso mexeu comigo mais do que gostaria. Uma fagulha devia ter acertado o lugar do cérebro que me mandava fazer uma idiotice, uma infantilidade, e eu, subordinado à raiva e ao impulso valente de provar nem sabia o quê, faria mesmo assim.

Dei meia-volta.

Apertei o passo e consegui entrar no elevador, onde a garota já se encontrava.

Resultado: ela saiu.

– Ei! – chamei. E não sei por que, ainda espantado por sua atitude.

Maria Aline fez que não me ouviu e tomou a direção das escadas, como no outro dia. Fui rápido o suficiente e consegui fazer a porta reabrir. Fui atrás dela. Ia tirar aquela história a limpo, estava no dia mais que perfeito para isso!

– Quer me esperar? – reclamei.

Maria Aline já tinha alcançado o segundo andar, de tão rápido que subia. Eu, não muito acostumado a praticar esse tipo de esporte, fui ficando para trás.

– Tô falando com você, Maria Aline!

Ela parou, subitamente. Virou-se:

– Como é que você sabe meu nome? – deu uma pausa. – Ah... Claro! – E continuou a subir.

Não sei como ainda cabia em mim mais algum tipo de espanto, contudo posso dizer que foi exatamente o que senti.

– Claro o quê? Eu te fiz alguma coisa? Dá pra subir mais devagar?

Escutei uma risadinha, o que me deixou mais irado ainda. Além de tudo, debochava de mim?

– Eu não te fiz nada, menina! – falei mais alto. – Vê se se enxerga!

Ela parou outra vez. Me olhou com desprezo:

– É você quem tá andando atrás de mim e não o contrário.

Odiava ver alguma razão naquelas palavras.

– É porque sua atitude tá me irritando!

– Que atitude? Rá! Essa é boa! Melhor sair e pegar o elevador, que esta escada aqui tá muito puxada pra você.

Maria Aline tornou a subir. Impulsionado pela raiva, dei umas passadas mais largas e consegui ficar um degrau à sua frente. Ela tentou passar do lado, não deixei. Era a minha vez de dar aquele sorrisinho, pelo menos por dentro.

Aí, para minha surpresa, ela fez o inverso: começou a descer!

Eu já estava me sentindo um completo otário, nada daquilo tinha sentido mais, se é que algum dia houve. Nunca na vida fiquei seguindo alguém, muito menos para ser esnobado desse jeito.

Desisti.

– Tá legal! – gritei. Ela já tinha feito a curva, sumido de vista. – Pode ir! De gente maluca eu quero distância!

– Maluco é você!

8

Alguém compartilhou na minha página uma notícia sobre meu pai. Não conhecia o sujeito, por isso achei o ato um abuso. Que colocasse na dele, óbvio.

Procurei saber e descobri que era amigo de um amigo. As redes sociais aproximam todo mundo, veja só. Mas, antes de excluir a postagem-notícia, fiz o que provavelmente a pessoa queria que eu fizesse: li a matéria. Não que não adivinhasse o conteúdo.

Resumo do resumo: Fulano de Tal dizia que as obras da Avenida América estavam sendo investigadas sob suspeita de superfaturamento, já que, em vez de ter custado tantos milhões de reais, acabou saindo por outros tantos a mais e, além de tudo, ainda não fora concluída. No Cemitério da Paz, a investigação girava em torno da compra de revestimentos de alto padrão para a reforma, ao passo que, no Viaduto Lima, o caso suspeito era a utilização de lâmpadas importadas na iluminação.

Nada de novo. Excluí.

Saí do meu quarto e fui ver onde minha mãe estava.

Depois de uma leve batidinha na porta, entrei no quarto dela. Minha mãe lia qualquer coisa no celular.

– Mãe!

Mecanicamente, me respondeu:

– Ahn.

– Olha pra mim, mãe.

– Fala!

Sentei na cama ao seu lado:

– Quando eu digo que já tô bem cheio de tudo, você não acredita.

Ela arregalou os olhos:

– Por quê?

– Por causa do meu pai, o que mais?

– O que ele fez?

Deu preguiça de responder.

– Postaram uma notícia na minha página.

– Que notícia?

– Mãe, não é possível que você não tenha visto. Não na minha página, quero dizer, mas em qualquer outro lugar. A toda hora eles falam a mesma coisa! E não venha me perguntar "eles, quem?". O que é que eu tenho a ver com isso, me diz? Quero viver a minha vida em paz!

– Pedro... Meu filho querido... Já falei que não é verdade, seu pai também falou, que mais eu posso fazer pra você acreditar?

– Jura que você acredita?

– Claro!

Dei um suspiro, virando o rosto.

Ela mudou de assunto:

– Sabe o que eu estava vendo? Vem cá, olha só que maravilha de fotografia! Fico encantada com o trabalho desse fotógrafo! Cada lugar lindo!

Dei uma espiada, não tão de perto, meio a contragosto. Tudo acontecendo e minha mãe nessa calma.

– Olha, filho! Larga a mão de ser teimoso, esquece um pouco essas coisas que estão martelando na sua cabeça.

– Não dá pra esquecer, mãe.

Ela esticou o braço me puxando, e eu me deixei levar. Deslizou o dedo para mais uma imagem e disse:

– Ele gosta de paisagens. Árvores, para ser mais exata. Veja esta aqui. Fala a verdade! Foi para o Japão na época da florada só para fotografá-las. As cerejeiras são o símbolo do país, sabia?

– Você fotografava paisagens?

– Eu? Ah, você sabe. Eu trabalhava no jornal e cobria com o Flávio o caderno de política.

– Mas foi sempre assim?

– No meu trabalho?

– Na sua vida. Por que se interessou por Jornalismo e por que a fotografia em vez da escrita, por exemplo?

Ela deitou o celular no colo.

– Foi o contrário. Primeiro me interessei pela fotografia e aí decidi cursar Jornalismo. Sei lá, no começo minha ideia era outra. Ganhei um concurso no primeiro ano da faculdade, já te contei?

– Hum...

– Foi patrocinado por um banco e organizado pela Faculdade de Artes da Universidade. Não sei onde coloquei a foto...

– E tinha um tema?

– O concurso? Cultura e Diversidade... ou Espaços Rurais? Não lembro direito, eu participei de vários. Até ganhei, acho que uns três. Mas me lembro melhor desse da Faculdade de Artes. Modéstia à parte, minha foto ficou incrível!

– Queria ver.

– Pois é... Sei lá onde coloquei... Mas saiu numa revista.

Interroguei-a com os olhos.

– Não adianta me pedir, que o exemplar também sumiu.

– Por que você não volta a fotografar?

– Ah, não! Fiquei muitos anos com o Flávio pra cá e pra lá, depois acompanhando seu pai, ah, enjoei.

– Não tô falando desse tipo de fotografia, mãe.

Olhou-me como se não entendesse.

– Tô falando do tipo daquela do concurso.

Ela riu:

– Você nem sabe que foto era aquela, Pedro!

– Mas, se você guardou o momento, é porque foi especial.

Minha mãe fechou o sorriso, como se eu tivesse falado algo que não devesse, tocado num passado que não pudesse emergir. Alguma mágoa? Arrependimento? O quê?

– Não seja bobo, Pedro. Não guardei nada – e pegou o celular tornando a deslizar o dedo à procura da próxima árvore.

Fiquei quieto, pensativo. Olhei as imagens surgindo e sumindo quase que instantaneamente. Pelo modo como passava de uma a outra, achei que não estivesse mais tão interessada assim.

– Você viu se a Clarice já foi? – Clarice era a mulher que trabalhava em casa.

Balancei a cabeça querendo dizer que não sabia. Na certa, Clarice falou um tchau do outro lado da porta, mas minha mãe nem prestou atenção.

– Ia perguntar uma coisa pra ela... Ah, não tem importância, outra hora eu pergunto.

Ficamos em silêncio. Ela continuou rolando as páginas, eu calado, achando que não havia mais nada que eu pudesse dizer ou fazer naquele quarto.

Então, falei tchau e saí.

9

Pela primeira vez na vida, eu era incluído nas filosofias do Renato.

Estávamos no sofá da sala, sem ter muito o que fazer naquele sábado, à tarde. O tempo não ajudava muito, tinha chovido boa parte da manhã e nessa hora estava um chove-não-chove.

Enquanto Renato mexia no celular, eu passava os olhos pela tevê procurando alguma série para assistir.

– Não sei se eu quero cursar Direito, acho que não tem muito a ver comigo.

A fala era tão descomprometida que, num primeiro momento, pensei que ele estivesse falando sozinho.

Em todo caso, respondi:

– É?

– Nosso pai gostaria.

Investi numa frase melhor:

– Ele nunca me disse o que eu devia estudar ou não.

Minha constatação não pareceu tê-lo incomodado. Continuou divagando:

– Acho que vou precisar ler muito, imagine, tantas leis, decorar tudo...

– Renato, você não precisa decorar, quem te falou isso?

– Modo de dizer. Mas vou ter que aprender a lidar com elas, não é? Sei lá. Queria ainda estar no Ensino Médio como você.

Antes que Renato dissesse algo mais no contexto "você ainda é criança, não tem esse tipo de preocupação", afirmei, incisivo:

– Vou fazer Cinema.

– Cinema? – era a primeira vez que Renato ficava mais inteiro na conversa.

– Por que o espanto? – perguntei. E falei, pausadamente, a fim de causar impacto mesmo: – Eu vou mudar o mundo.

Nem deu bola:

– Cinema... Deixa o pai saber!

Fiquei bravo, do tipo ofendido:

– Te falei que ele nunca me disse o que estudar.

– Isso até saber dessa sua... intenção, digamos assim.

Eu já tinha encontrado o que queria fazer o resto da vida. Como eu disse, sempre fui ligado em filmes, e esse desprezo do Renato por algo que era meu e que não lhe dizia respeito me irritou profundamente. Procurei demonstrar que eu não estava nem aí para o que meu pai pudesse achar.

Na verdade, nem o Renato nunca esteve aí. Estranho, de repente, ter esse tipo de papo comigo. Desde quando ele queria a minha opinião?

Sugeri:

– Acho que você deve fazer o que gosta. Simples.

– Não é bem assim.

– Não é, por quê?

– Eu queria outra coisa pra minha vida além de ficar cinco anos numa faculdade pra depois o diploma não servir pra nada.

Bem específico.

– E o que você queria?

– O que eu queria já não é da sua conta.

Engrossei:

– Então, não me enche, ué!

– Eu não tô enchendo nada. Você que puxou conversa.

– Eu? Rá! Mas não fui mesmo!

– Quem é que veio falando que o pai telefonou?

– E porque eu disse isso, você já foi pensar em faculdade. Ah, tá. Coerente.

– Acontece que você me fez lembrar. Porque era sobre esse assunto que eu e ele estávamos conversando ontem à noite.

– Hum. Aí você contou que não quer cursar Direito.

– Disse o contrário.

– Como assim? Mentiu?

– Claro que não.

– Ô, Renato, eu não tô entendendo nada. Se você não quer e não mentiu...

– Não quero, mas vou. Porque *ele* quer. E vai ser em Brasília, a gente vai se mudar pra lá no ano que vem, ele já concordou.

– Espera. Você vai se mudar pra Brasília?

– Vou.

– E quem disse que ele vai ganhar a eleição?

– Vai.

– Tem certeza?

– Claro! Desde quando ele não consegue o que quer?

Fiquei me perguntando por que essa frase me incomodou. Poderia apenas ter ficado feliz e pensado em coisas do tipo: você batalha, você consegue; você sonha, conquista; ou ainda em tantas outras com essa cara de que saíram de livro de autoajuda.

Mas isso não se encaixava no perfil de pai vestindo terno e gravata que surgia na minha mente. Era esta imagem que batia lá dentro quando as lembranças chegavam. Desconhecia o motivo de não aparecer outra mais informal, por que não de bermuda, camiseta e tênis?

Na verdade, fazia tempo que não o via assim, desse último jeito. A cada dia ele estava mais formal, e não estou falando apenas da roupa. O português sempre impecável, jamais pronunciava frases como "achei ela, tá ligado, tô sabendo".

Eu poderia pensar num milhão de significados positivos sobre meu pai nunca ter me falado o que estudar. Um pai que respeita as decisões do filho, que o apoia em todas as suas escolhas, haja o que houver.

Contudo, nossa cabeça é mesmo imprevisível, não acredita naquilo que queremos ou mandamos e teimosamente resolve viajar por uns raciocínios que não são muito legais e cujo único objetivo parece ser o de gerar angústias.

Por que meu pai nunca me "sugeriu" o que estudar como fez ao Renato?

Por que levaria apenas meu irmão para morar junto?

Por que fiquei me sentindo fora da jogada?

10

Renato e eu corríamos feito doidos. Tombaço. E muita risada sem motivo. Corrigindo, com todo motivo do mundo: liberdade.

Demorei para recuperar o fôlego, ao contrário de Renato, que saiu correndo de novo por aquela imensidão.

– Espera!

Ele nem me deu ouvidos, a essa altura já tinha se livrado da areia com a água do mar.

Não fui. Fiquei mais um tempo esperando o coração desacelerar, observando o céu com várias nuvens, o sol meio desaparecido entre elas. Nessa hora, pensei que a coisa mais maravilhosa que tinha acontecido na minha vida era justamente esta: a casa na praia que meu pai comprou.

Girei o pescoço para o lado, na direção do guarda-sol onde se encontravam pai e mãe. Fiquei respirando, respirando, olhando para os dois. Em seguida, virei na direção contrária e vi meu irmão me dando sinal com a mão: "Vem, vem!".

Levantei e saí correndo, pulando as ondas com pressa, até cair de vez quando as pernas bambearam. Renato se aproximou espirrando água na minha cara logo que me levantei do mergulho. Descontei. Guerra!

– Renato, agora nossa vida vai ser sempre assim!

– Assim como?

– Na praia.

– Larga a mão de ser bobo, a gente mora longe.

– E daí? É só pegar o carro e vir.

– Papai tem que trabalhar. E a mamãe também.

– Mas a gente não.

– A gente tem aula, esqueceu?

– É só faltar.

– Que fácil.

Uma onda forte nos derrubou, Renato foi esperto e me levantou na hora, pelo braço. Eu não ia me afogar, mas acho que ele ficou preocupado. Se eu morresse, ia levar um belo xingo.

Fomos até o guarda-sol, meu pai estava chegando com dois milhos verdes.

– Oba!

– Cuidado, que está quente! – alertou minha mãe.

Queimei o canto da boca, claro, pois não tive paciência de esperar.

– Gostou da casa, Renato? – meu pai perguntou.

Mas quem respondeu fui eu, e com a boca cheia:

– Eu gostei!

– Que você gostou, eu já sei! – ele fez um agrado na minha cabeça, os cabelos numa maçaroca, tamanha a mistura de areia e água salgada.

Meu irmão falou que sim e acrescentou:

– Esse menino é magro de ruindade! Olha só o jeito que ele come!

– Tô com fome!

– Não fala com a boca cheia, Pedro! – repreendeu minha mãe. – Mas que mania!

– Ele está eufórico – disse meu pai. – Quer fazer tudo ao mesmo tempo, brincar, falar, comer...

– Mas precisa ter educação.

– Deixa o menino, Vívian! É criança ainda.

– Já tem oito anos!

– Eu sou criança! – me defendi. Meu pai riu.

– Quer fechar essa boca, Pedro! – minha mãe, novamente.

– Tá.

Ela balançou a cabeça para os lados, como quem diz: "não tem jeito".

Depois do milho, eu me enrolei na toalha e não quis mais entrar no mar. Foram Renato e meu pai. Fiquei sentado na cadeira, todo encolhido, enquanto minha mãe lia um livro novo. De longe, meus olhos assistiam à brincadeira dos dois; um lado meu queria ir, mas o outro reclamava de frio. Não sabia o que fazer. Coragem, Pedro!, disse a mim mesmo. A água nem está tão gelada assim.

Fui.

Meu irmão e meu pai brincavam num lugar mais arriscado para o meu tamanho. Não daria pé, o único jeito seria que alguém me carregasse até lá, ou então que viessem para o raso.

Com a água pelos joelhos, gritei:

– Vem me buscar!

Ninguém ouviu. O barulho das ondas quebrando abafava facilmente o som da minha voz.

Gritei de novo, dessa vez, colocando as mãos em concha ao redor da boca:

– Vem me buscar!

Renato me viu. No momento seguinte, ele e meu pai foram encobertos por uma onda, e eu fiquei na expectativa de que tivessem vindo.

Quando a maré baixou, vi que continuavam brincando, um olhando para o outro e para o fundo, mas nunca para a beira da praia.

– Re-na-tooooo!

Nessa hora, surgiu uma onda que me desestabilizou. Caí, rolei, esfolei o joelho, quase engulo água, foi por pouco. Levantei, tirando o cabelo da testa e sugando o ar com força.

Voltei para o guarda-sol, choroso, o joelho ardendo, e mostrei o ralado à minha mãe. Ela tirou da bolsa uma garrafinha, destampou e jogou um pouco de água em cima do machucado.

– Já vai passar – me consolou.

Fiz que sim com a cabeça.

Olhei para o mar e depois para o machucado.

Foi a primeira vez que me senti fora da jogada.

11

Parecia incrível que eu tivesse me encontrado com ela, novamente. Não tão incrível, se fosse pensar que morávamos no mesmo edifício. Mas quantas pessoas viviam naqueles doze andares? Um monte.

Houve um tempo em que minha mãe falava de se mudar, e isso quando mal tínhamos completado um mês ali. Estava insatisfeita com o acordo feito na ocasião do divórcio e a cada instante vinha com uma frase de indignação:

– Imagine, ficar aqui. Podemos morar num lugar muito melhor, maior... Num prédio com um apartamento por andar e não dois como este. Era o mínimo que eu poderia esperar, já que a nossa casa acabou ficando com seu pai.

– Mas se você queria a casa...

– Eu não queria a casa!

– Então, qual o problema?

– Deixa pra lá. Você não entende.

Não entendia mesmo. Se a questão toda não era a casa nem o nosso apartamento, que já era bem grande por sinal, qual o motivo da reclamação? Eu me perguntava por que ela precisava de mais espaço, se passava a maior parte do tempo lendo ou assistindo tevê no próprio quarto. Sua vida andava assim. Uma pasmaceira.

Certa vez, andando de carro, vimos um terreno cercado por tapumes onde seria construído um edifício. A propaganda do *outdoor* falava em quatro suítes, sete banheiros... Minha mãe se encantou e me falou qualquer coisa a respeito, numa empolgação que eu julguei bastante descabida: para que uma família precisava de sete banheiros?

Depois de um tempo, ela deixou de bater nessa mesma tecla e só de vez em quando é que tocava no assunto. Não demonstrou mais interesse, aliás, nem por este nem por outros. Eu achava que ela vivia meio que ligada no automático, perguntando se estava tudo bem, onde estava o Renato (típico), entre outras coisas de mãe. Praticamente isso.

Enfim, retomando a cena da Maria Aline:

Eu já tinha decidido que nunca mais olharia na cara dela se, por uma coincidência desastrosa, dessas bem terríveis, passássemos um pelo outro em qualquer lugar do planeta. Decisão que talvez tivesse mais a ver com vergonha do que com raiva, pois ainda havia em mim aquela sensação de ter feito papel de bobo na escadaria do prédio.

Sim, eu já tinha decidido.

Acontece que ela provocou:

– Ninguém da minha família vai votar no seu pai.

A voz da garota passou por mim feito um rojão, um raio, sei lá.

Virei o pescoço, apenas o suficiente para me fazer ouvir:

– DANE-SE!

Continuei andando rapidamente, descendo as escadas da frente de igual maneira, não olhando do lado para cumprimentar o porteiro e muito menos me virando para trás.

Quem sabe minha mãe estivesse certa, e a gente devesse mesmo arranjar um novo apartamento para morar. Uau. Sete banheiros.

Claro que não me mudei.

E tive de enfrentar Maria Aline outras vezes. Em nenhuma delas me dirigiu a palavra, devia ter se tocado sobre o quanto tinha sido estúpida, invasiva e, por que não dizer?, infantil.

Por que as pessoas tinham que achar que meu pai era eu?

Eu não tinha nada a ver com meu pai.

E acho que era por causa disso que ele escolheu o Renato, e não a mim, para morar junto em Brasília.

Não iria, mesmo que me convidasse, todos os meus amigos moravam na cidade onde nasci. Eu tinha vínculos, problema deles se não tinham nenhum.

Quando contei essa história para Cléber e Renan, de pronto me disseram que aquilo era uma tremenda mancada. E perguntaram se minha mãe já estava sabendo, se por acaso tinha concordado. Boa pergunta, respondi. Não fazia a mínima ideia.

Uma semana depois, reencontrei Maria Aline no saguão. Eu aguardava a chegada do elevador quando ela apareceu e ficou do meu lado.

É estranho quando você quer fazer silêncio de propósito. Dá um mal-estar, uma sensação de buraco, impressões desagradáveis que chegam a pesar. Naquela hora, só queria que o elevador chegasse logo para eu sumir de sua vista o mais rápido possível.

Aliás, pensei, o que é que ela fazia ali? Por que não ia pelas escadas, já que eu era tão insuportável a ponto de evitar o mesmo espaço?

Entrei no elevador. Em seguida, ela fez o mesmo. Apertei o número três; ela, o cinco.

Subindo. Silêncio.

Somente quando chegamos no meu andar, e eu saí, somente quando a porta já estava se fechando, restando apenas uma fresta, foi que ela resolveu dizer:

– Eu não devia ter falado o que falei. Esquece, tá?

12

Renato estava louco de raiva de mim:

– Por que você foi contar pra ela?

– Hã?

Nisso, chega a minha mãe, brava também, e já vai falando que o Pedro, eu, não tinha falado nada, não. Você pensa que sou boba, Renato? Estou cansada de você me tratar como se eu não existisse! Agora essa. Você e seu pai andam combinando as coisas pelas minhas costas?

– Não tem nada pelas suas costas, mãe! Que drama! Lógico que eu ia te contar!

– Ouvi você falando que nem vai prestar vestibular para as faculdades daqui, só para as de Brasília.

– Se eu quero estudar lá! Não é óbvio isso?

– Mas por quê, filho?

Nessa última frase, minha mãe já tinha mudado o tom de voz de brava para meio doce. Eu que não ia ficar ali para ouvir o resto da conversa. Não era da minha conta.

Fui para meu quarto, coloquei os fones de ouvido, deitei na cama e fiquei prestando atenção na música que tocava. Pensei na Melissa, nuns momentos bons, e me perguntei se eu ainda gostava dela. Talvez. Na verdade, desconfiava que ela estivesse namorando o Lucas, o tal carinha que dizia ser apenas amiga.

Pensei também na Maria Aline, naquele inusitado pedido de desculpas, por assim dizer. Durante aquela rápida troca de olhares pelo vão da porta, não pude constatar se havia sinceridade ou não. Como saber?

Liguei o computador e acessei o meu blog. Mirei na data da última postagem: uma semana. Estava na hora de publicar outra.

Quando deixei o quarto, na hora do jantar, notei que o clima da casa já tinha melhorado. Talvez para agradar minha mãe, Renato resolveu sentar-se à mesa conosco, todos à mesma hora, como antigamente. Ou quase.

Deu vontade de puxar o assunto da faculdade, de Renato se mudar no ano que vem. O que minha mãe pensava disso? Eles teriam entrado num acordo? Renato moraria em Brasília com meu pai?

Cena:

Meu irmão, de mochila nas costas, se despede da gente dizendo tchau. Minha mãe, inconformada, diz que ele está fazendo besteira. Inseguro, Renato pede que ela vá junto.

Me arrependi de não ter escutado a conversa dos dois.

Na manhã seguinte, no intervalo, Cléber chamou nossa atenção para uma mulher que conversava com uma das coordenadoras:

– Olhem lá! Acho que é a palestrante.

Teríamos uma palestra, logo mais, com uma professora de História de uma universidade, o que nos havia sido anunciado um tempo atrás.

Renan e eu nos viramos na direção apontada e, na mesma hora, tive a impressão de que já a conhecia.

Cheguei a falar isso, como quem pensa alto:

– Acho que já vi essa mulher em algum lugar...

– Onde? – Cléber perguntou.

– Não sei...

– Detesto quando penso que conheço alguém e não me lembro de onde! – disse Renan.

– Pois é...

No anfiteatro, enquanto falavam sobre a biografia dela, professora doutora da universidade x, autora de um livro sobre a Ditadura Militar, fiquei pensando de onde é que eu a conhecia. Laura. Estatura mediana, por volta de cinquenta anos, cabelos escuros, vestindo-se informalmente... De onde...?

Fiquei voando um pouco, deixando de escutar alguns pedaços, buscando na memória a imagem ou a peça que completasse esse quebra-cabeça.

Finalmente, eu me lembrei:

– Caramba!

Meus amigos viraram-se para mim imediatamente. Foi Cléber quem perguntou, mas o olhar do Renan me dizia o mesmo:

– Caramba, o quê?

Apenas balbuciei, como se ainda falasse sozinho:

– Mundo pequeno...

Cléber me deu um cutucão querendo saber do que se tratava.

Só respondi:

– Agora não dá pra falar. Depois eu conto.

13

Pensei muito no meu pai. E senti uma saudade diferente.

Fui até o quarto da minha mãe, bati na porta e entrei:

– Como é que estão as coisas?

– Tudo bem – ela respondeu. Após uma pausa, largou o celular e olhou para mim, satisfeita: – Seu pai voltou a subir nas pesquisas. Eu sabia!

– Era isso o que estava lendo aí?

– Que alívio! Cheguei a ficar preocupada...

– Mãe, por que você não se ocupa com outra coisa?

A leve fisionomia de seu rosto desapareceu de imediato:

– Não gostei desse tom, Pedro.

Aproximei-me da cama e me sentei ao seu lado, como quem vai ter uma conversa séria, os papéis invertidos.

– Isso tudo é uma bobagem!

– Não fala assim, Pedro!

– Mas é! E você se preocupando com isso, então... Me parece completamente nada a ver!

– Nada a ver? Pedro, você andou ouvindo coisas de novo?

Fiz uma pausa. Depois, contei:

– Tivemos uma palestra na escola, hoje.

Ficaram grandes seus olhos:

– E falaram mal do seu pai?

– Não. Meu pai nem sempre é o tema de tudo.

Ela deu um suspiro, aliviada:

– Que bom.

– Mãe... – deixei a frase solta. Ela aguardou que eu a concluísse, mas fiquei calado.

– Você está querendo me dizer algo? Fala de uma vez!

– É que... – Como é que eu ia dizer tanta coisa misturada dentro de mim? – Tô meio confuso.

– Confuso, por quê?

– Primeiro, com essa história do meu pai, essas suspeitas de corrupção, superfaturamento, tudo o que você já sabe.

– E que eu já falei que é mentira.

– Você me irrita quando começa a defender meu pai cegamente, sabia?

– Não é cegamente.

– Vai me deixar falar? Pois bem. Em primeiro lugar, é isso que acabo de dizer, e em segundo... – Demorei um instante a mais, e minha ideia original escapou.

Disse outra coisa no lugar que também me incomodava muito:

– Por que você não vive a sua vida? Fica aí... – apontei o celular sobre a almofada – olhando pesquisas, mãe! Pra quê? Você não está mais com ele e mesmo que estivesse! Cadê sua vida? Jogou fora?

– Pedro, não fale assim comigo!

– Por que nunca quer me ouvir? Mal começo a falar, já fica brava!

– Pedro, você é muito jovem para entender o que se passa com os adultos, as preocupações, os problemas...

– E quais são as suas preocupações? Me fala, quem sabe eu consiga te ajudar.

– E por que acha que eu preciso de ajuda?

– Não?

– Não.

Comecei a ficar perdido. Não tinha vindo ali para conversar outra vez sobre o mesmo e cansativo assunto, e sim para falar sobre o meu pai, sobre o que eu sentia, essa sensação de que ele não estava fazendo a coisa certa, essa saudade estranha, não sei se do hoje ou do ontem.

Eu me perguntava se ninguém mais naquela casa se sentia assim. Se apenas eu ficava amargurado achando o mundo estranho, me sentindo um peixe fora d'água e querendo saber o que é que eu estava fazendo neste planeta. Papo besta para alguém da minha idade, quem é que encana com uma coisa dessas? Pois é.

Privilégios existem desde que o rei de Portugal fugiu de seu país e se instalou no Brasil. Talvez antes, se pensarmos naquela política de agrados entre índios e portugueses, quer dizer, destes últimos explorando os primeiros. A vantagem e a barganha sempre existiram, todos sabem que há muita coisa errada no Brasil desde 1500. Mas nem por isso sou obrigado a concordar.

Por que as injustiças não terminam? Por que a ética não prevalece? Por que as pessoas pensam apenas em si mesmas incorporando o papel de dane-se todo o resto? O que aconteceria se cada um não quisesse apenas ajeitar a própria vida e realmente trabalhasse por aquilo que se propôs a trabalhar? Seríamos pessoas melhores? Mais felizes? A sociedade mais justa? Não estava brincando quando disse ao Renato que queria mudar o mundo com o cinema. Aquilo soou como uma ilusão, eu sei, mas, de verdade, queria muito fazer alguma coisa. O quê?

Havia um tempo que eu pensava nessas questões. Provavelmente desde que as denúncias contra meu pai começaram. A vida era mais leve antes, agora parecia que se complicava. Primeiro, a separação dos meus pais; depois, essas suspeitas contra ele. Em vez de conseguir ordenar meus pensamentos, eu bem que tentava, cada vez mais eles ficavam bagunçados.

Para ajudar nessa miscelânea, a palestra daquela manhã.

A professora Laura começou nos falando sobre a necessidade de participarmos da sociedade de um modo mais crítico. Nessa hora quase me afundei na cadeira, pois julguei que ela fosse discursar sobre o voto, o que fatalmente desencadearia uma busca com todos me apontando: "olha lá o filho do prefeito, o filho do candidato".

Mas não. Percorreu outro caminho dizendo que aprender História era refletir sobre os fatos do passado, o que implicava analisar, ponderar e finalmente opinar sobre essa ou aquela versão. Um país sabe muito de si mesmo olhando para trás.

Ouvir a palavra versão foi interessante. Todo lado tem dois lados, frase do meu pai da qual me lembrei. Era o que me dizia quando eu chegava em casa contando sobre alguém que falou isso, fez aquilo.

De qualquer forma, a lembrança me levou a algumas perguntas: existe um certo e um errado? O que conhecemos, de verdade, além do que ouvimos ou lemos nas aulas de História? Como relacionar nosso presente com o passado, era o que ela propunha, sem achar tudo tão distante?

O que representavam para mim cinco décadas atrás?

"O tempo é a minha matéria, o tempo presente, os homens presentes, a vida presente."

14

Estavam no período da Ditadura Militar, quando meu avô levou os filhos para conhecer Brasília. Não vi naquelas fotos que meu pai gostava de mostrar o que realmente havia por detrás delas. As fotografias eram apenas um quadro, recortes de uma época.

Em 1960, a desigualdade social no país era grande e muitos já se organizavam para demonstrar insatisfação, através de sindicatos de classe, movimentos sociais e partidos políticos. Jânio Quadros foi eleito Presidente da República, pelo voto direto, com seu vice João Goulart. Jânio renunciou e João Goulart assumiu a presidência em 1961, propondo uma série de reformas econômicas, educacionais, políticas, agrárias. Alguns setores da sociedade não gostaram de suas ideias e resolveram se aliar aos militares. O resultado disso foi que, em 31 de março de 1964, tiraram o presidente do cargo, tomando posse o Marechal Castelo Branco. Outros militares passaram pela presidência, sempre pelo voto indireto, e isso só terminou vinte e um anos depois, com a eleição de Tancredo Neves, em 1985.

Meu avô não falava sobre esse assunto com os filhos, seu comportamento era do tipo "eles mandam, a gente obedece". Meu pai não tinha muita noção do que acontecia no país naquela época, era criança, e seus professores não comentavam, não podiam comentar nada que fosse contrário ao regime, pois a censura estava instituída.

Meu pai me disse que passou ileso àqueles anos difíceis e que tinha sido uma criança feliz, sua liberdade nunca foi ameaçada. Veio à minha cabeça um episódio contado por ele, quando falávamos sobre sua infância, as brincadeiras e caímos nesse assunto.

Em 1973, o Presidente da República era o general Emílio Garrastazu Médici, o terceiro da geração de militares. A criançada brincava na rua até o último pai mandar entrar, aquela rotina de ficar horas e horas inventando o que fazer. Num certo momento, alguém disse que o presidente se chamava Emílio Garrafa Azul Médici. Meu pai achou engraçado, eles todos riram muito, ficaram repetindo, até que, ao contar em casa a novidade, levou uma bronca da mãe ou do pai, não se recordava direito: "Não se pode brincar com o nome do presidente!" Ele não entendeu muito bem o porquê, não via problema algum em trocar aquele nome difícil por uma singela garrafa azul. Nunca mais falou isso na rua, a partir daí teve a sensação de que era algo desrespeitoso, proibido. Mas não buscou explicações, apenas o tempo passou e carregou junto sua dúvida.

Foi o único fato concreto da época do qual eu tive conhecimento. Meu pai ainda falou, por alto, que outros países da

América do Sul também foram comandados pelos militares, em datas semelhantes às do Brasil. E só. Foi a única vez que me deu uma lição de História, por assim dizer, mesmo fazendo parte da política do país há alguns anos.

Andei assistindo a filmes antigos pela internet, aqueles com uma visão crítica do período. Nem todos tão antigos assim, parece que os anos setenta inspiram muitos cineastas até hoje. Alguns enredos incluíam cenas de futebol, já que 1970 foi o ano do tricampeonato do Brasil, na Copa do Mundo. Era inegável o contraste entre o hino da Copa daquele ano, tão entusiasmado e empolgante, com algumas outras cenas, que de alegres não tinham nada. O fato é que um filme puxava outro, e o meu interesse aumentava, não apenas por curiosidade. Eu estava realmente disposto a entrar numa História que eu não conhecia quase nada.

Meu pai não precisou se preocupar com esse passado sombrio que eu via nos filmes. Certamente, porque não lhe foi sombrio.

Se meu pai tivesse vivido outra realidade, qual seria a minha história?

15

O supermercado era perto de casa, eu procurava alguma bobagem para comer, quando vi a professora Laura separando tomates, colocando-os num saquinho. Fiquei por um tempo mirando a cuidadosa tarefa, enquanto decidia se deveria ou não me aproximar.

Era para eu ter feito isso no anfiteatro, na semana anterior. Aliás, eu fiz. Mas, quando a palestra terminou, ela estava tão rodeada de alunos, Cléber e Renan me chamando com pressa, que acabei deixando passar. Eu sabia que me encontraria com ela novamente. Cedo ou tarde.

– Oi – cumprimentei-a, cauteloso.

Ela respondeu ao cumprimento, um tanto surpresa ao me ver.

– Meu nome é Pedro, moramos no mesmo prédio.

– Sim, eu sei.

– Você esteve no meu colégio, na semana passada.

– O Valdir Bueno?

– Esse mesmo. Estudo lá.

– Puxa, que coincidência!

O sorriso gentil me deixou mais à vontade:

– Só queria dizer que gostei muito da sua palestra.

– Obrigada!

– Achei interessante, acabei concordando com você de que nada é tão distante assim. Pois foi isso o que falou, não foi? Que a Ditadura Militar é uma história recente. Achei bem estranho na hora. Como pode ser recente?, pensei. Mas... Fez sentido depois. Eu me lembrei de uma conversa com meu pai, ele me contou sobre sua infância, como era, como sentiu aquele tempo. Algumas coisas só, meu pai não é de falar muito.

– Você vê como a História não está só nos livros? Os relatos das pessoas que viveram uma época contam muito, sempre aprendemos com elas. Tudo é História, Pedro.

– Acha que cada um pode ter uma visão diferente sobre um mesmo fato?

– Você não acabou de dizer que seu pai lhe contou algumas passagens da vida dele? Eu lhes contei outras. Diferentes?

– Sim.

– Então? Você conhece o ponto de vista do seu pai, compreende a história pelo que ele conta, já que não viveu naquela época. Mas o que temos a pensar é o seguinte: será que para toda a população aconteceu da mesma forma? Foi sentido da mesma maneira? As consequências foram as mesmas? Para escrever meu livro fiz muitas pesquisas, ouvi muita gente, e cada uma delas acrescentou um detalhe novo. Isso foi essencial para o meu trabalho.

– Mas você acha que não existe um certo e um errado, mas sim pontos de vistas diferentes?

– Em que você está pensando, exatamente?

– Ah... Bom. Na verdade, em tudo. Um pouco no que você falou, um pouco em outras coisas...

Como me arrependi de dizer o que disse!

E se ela me perguntasse se eu estava me referindo ao meu pai? Por que fui mudar de assunto? Ou isso fazia parte do mesmo? Fiquei confuso. Para variar.

– O que eu posso dizer, Pedro, é que ouvir as versões é importante. São reflexões que nos ajudam a conhecer melhor o passado e a construir um futuro com dignidade.

Bom, pelo menos a resposta dela atravessou um caminho mais genérico, sem entrar em nenhuma polêmica. Ainda bem.

16

Esperei abrir o sinal de pedestres e então atravessei a rua.

Voltava da casa do Renan, eu tinha ficado lá mais tempo que o previsto por causa de uma chuva que caiu de repente. O jeito foi esperar.

Num certo momento, seguindo pela mesma calçada, ela apareceu do meu lado. Levei um susto. Como assim? De onde é que essa menina tinha surgido? Do nada? Azar.

Ela me cumprimentou com um oi, eu respondi da mesma forma, porém seco. Ficou andando ao meu lado, no mesmo ritmo, como se fôssemos dois amigos que tivessem saído juntos. Coisa mais estranha.

De repente, ela disse:

– Soube que você falou com a minha mãe.

– Falei.

– Ela foi na sua escola, né?

– Acho que você já sabe disso.

– Sim, ela me contou.

Ficamos em silêncio. Pensei que eu poderia descontar a grosseria que ela tinha feito tantas vezes e lhe dar uma resposta bem sem educação, afinal, você não pode fazer o que lhe der na telha e depois achar que resolve tudo pedindo desculpas. Bom, eu acreditava que tinha sido um pedido naquele encontro no elevador, pelo menos, foi dessa forma que interpretei.

– Você me desculpou?

Minha teoria estava certa.

– Desculpou de qual vez?

– Apenas em uma eu disse o que não devia.

Parei de caminhar e me virei para ela:

– Verdade? Esqueceu das outras? Escuta, por que você veio atrás de mim?

Maria Aline me respondeu na maior calma:

– Eu não vim atrás. A gente se encontrou na esquina e apenas caminhei do seu lado. Foi uma coincidência.

– E por que não atravessou a rua? Só cai fora quando é no elevador?

– Você não sabe, mas eu tive os meus motivos para fazer o que fiz.

– Mesmo?

– Quer parar de ser irônico?

– Quer parar de ser falsa? Que motivos eu te dei? Você nem me conhece!

Ela não respondeu. Voltou a caminhar.

Chega de correr atrás dessa menina, pensei. Não queria falar que não falasse e pronto, minha consciência estava tranquila. Como podia ser filha de uma mãe tão legal?

Continuei andando como se não houvesse ninguém do meu lado. Tirei o celular do bolso, fingi que acessava uma mensagem e depois o guardei de volta.

Pouco antes de chegarmos à entrada do prédio, ela me falou, em tom de desabafo:

– Seu irmão é um babaca!

Aquela frase me surpreendeu de tal forma, que eu lhe perguntei na mesma hora:

– Você conhece o Renato?

– Ele acha que as pessoas estão à disposição dele. Um cretino!

– Mas o que foi que ele fez?

– Provavelmente pensa que todas as pessoas do mundo devam fazer sua vontade, típico de quem não aceita levar um fora – vários, aliás –, já que se sente o máximo, ou, como diria a minha avó, a última bolacha do pacote. Que dó. Ainda teve a coragem de me dizer que eu era fresca. Oh. Chocada.

Fiquei sem fala com tamanha descrição. Tudo bem que meu irmão não era um exemplo de pessoa, quantas vezes não briguei com ele por achá-lo folgado, mas por que essa insistência com a Maria Aline? Só porque ela não queria nada com ele?

Como eu não tinha o que dizer, mas achei que deveria, comecei com qualquer coisa:

– O Renato é meio...

Ela me cortou:

– Mimado? É pouco!

Não sei por que, me vi fazendo uma coisa esquisita:

– Tem razão, peço desculpas por ele.

Ela esnobou meu pedido, levou os lábios para o canto da boca como se quisesse rir:

– Você não tem que me pedir desculpas!

Óbvio. Me senti meio bobo, não sabendo o que tinha me dado na cabeça.

Maria Aline continuou:

– Mas reconheço que o que eu fiz não tem nenhuma justificativa. Agi mal. Quando contei à minha mãe o que eu tinha te falado...

– Você contou pra sua mãe?

– Sim. Ela ficou brava. Disse que eu fui agressiva e agi como as pessoas intolerantes que se matam por causa de uma ideia. É um pouco de exagero, eu sei, mas a minha mãe enxerga as coisas com muito mais clareza do que eu. Na verdade, naquela mesma hora eu percebi que tinha feito besteira e já me arrependi. Mas era tarde.

– Bom...

– Por isso precisava dizer que você não é a pessoa que eu pensava que fosse.

Não perguntei qual o tipo de pessoa ela pensava que eu era antes. Mas, pelo seu olhar, eu podia adivinhar que tinha a ver com aquelas suas palavras, o fato de ninguém de sua família querer votar no meu pai. Provavelmente, Maria Aline já classificara todos nós, a questão do voto não era só contra o candidato, mas contra a família inteira dele.

Não quis saber se a minha teoria estava certa ou errada. Cansei de ser julgado pelas ações dos outros. Aceitei seu pedido de desculpas e só.

Entramos juntos no prédio, conversando, como também no elevador. Educadamente.

17

Maria Aline tinha dois irmãos mais velhos, já na faculdade, um deles na mesma em que a mãe lecionava. O pai dela também era professor, dava aula de Arte em dois colégios da cidade.

Maria Aline queria ser médica. Quando me contou, disse-lhe que não imaginava, exatamente por causa desse histórico familiar, pai e mãe professores, irmãos estudando na área de humanas, como eles. Mas era isso, queria ser médica e trabalhar com pessoas pobres.

"Por que pobres?", fiz a pergunta esperando um longo discurso, na mesma linha daquele que fazem as pessoas públicas em ano de eleições ao dizerem tudo e mais um pouco sobre as propostas à população carente.

Entretanto, Maria Aline foi sucinta:

– Porque a eles é que a medicina falta.

Até chegarmos a esse nível de conversa houve um tempo. Curto, até. Mas não ocorreu a partir de nenhuma briga ou esbarrão na porta do elevador, e sim a alguns quarteirões do nosso prédio.

Eu pedalava sem destino, mais como exercício mental do que físico. Às vezes, mais rapidamente, outras mais devagar. Dei a volta em torno de uma praça, um pouco olhava o que acontecia, quem passava, cachorro, criança correndo, passarinho, um pouco pensava na vida.

Num lugar mais aberto da praça, entre duas grandes árvores, dois garotos praticavam malabares com três claves. Tirei a força do pedal, brequei e com um dos pés busquei a sarjeta para me apoiar. Fiquei um tempo observando, a boa *performance* deles merecia plateia. Sem muita pretensão, tirei o celular do bolso e comecei a filmar. A cena era bonita, por que não? Aquilo não deveria ser proibido, já que eu não mostraria a ninguém.

Dois minutos depois, ouvi uma voz me cumprimentando, efusivamente:

– Oi!

Desliguei o celular meio no susto, como se pego em flagrante. Cumprimentei Maria Aline um tanto surpreso, e ela puxou conversa perguntando se eu conseguia fazer igual aos meninos. Falei que não. Ela continuou, dizendo que era mesmo difícil, que já havia tentado e derrubava tudo, não tinha jeito nenhum.

A conversa fluiu. Acho que ficamos uns vinte minutos pulando de assunto em assunto, até que ela quis saber por que eu estava filmando. Dei a desculpa de que estava testando a câmera do celular novo.

Quando ela se despediu, vi que os meninos também tinham ido embora sem que eu reparasse. Andei mais um pouco de bicicleta, fiquei feliz em sentir aquele vento de final de tarde batendo na cara e depois voltei para casa.

Entrei no apartamento mexendo no celular, completamente distraído. Meu vídeo não tinha ficado nenhuma obra-prima, mas não dava para dizer que ficara uma porcaria. Claro, os meninos eram bons, formavam um visual bonito no cenário verde. O crédito era mais deles do que meu.

Na sala, Renato me falou alguma coisa, mas eu estava com a cabeça tão longe, que nem ouvi. Ele reclamou, pedindo para eu deixar o celular de lado e olhar para ele. Fiz isso. Renato queria a minha ajuda num exercício de Português.

– Tá brincando?

– Sério. Preciso entender esse negócio que tá me deixando louco.

– E quem disse que eu sei?

– Suas notas.

Renato não sabia das minhas notas, mas sabia que eu era do tipo mais estudioso que ele. Eu ainda custava a acreditar que ele fosse prestar Direito. Na verdade, não via o Renato estudando para qualquer coisa.

Essa questão não me incomodou mais porque simplesmente eu me esqueci dela. Já tinha ensaiado para dizer ao meu pai o que eu pretendia estudar só para ver se ele me mandava cursar Direito também. Tinha mais medo que não me obrigasse do que brigasse comigo. Então, achei melhor não saber.

Ajudei Renato com a gramática e isso me fez bem. Quase falei: "Conta pro pai que eu te ajudei". Ia ser ridículo, segurei o ímpeto.

Mas fui dormir bastante satisfeito comigo mesmo.

18

Estranhamente, eu e a Maria Aline nos aproximamos. Pelo menos, eu achei estranho, talvez você não ache. Como eu disse no início, toda história tem uma família, um amigo, um inimigo, um desencontro, um romance. Um triângulo amoroso?

Tudo é possível em se tratando de história.

Só depois que a conheci melhor foi que reparei em sua beleza. Seus cabelos eram encaracolados, o comprimento passando da altura dos ombros, e às vezes ficavam presos num coque no alto da cabeça. Aquele chumaço crespo de pontas douradas fazia um contraste bonito com a cor escura da raiz. Sua pele era mais morena que a minha – me contou que tinha ancestrais indígenas – e vivia por aí de shorts, camiseta e tênis.

Acabei contando a ela sobre meu sonho de estudar Cinema.

– Jura? Não conheço ninguém que estudou Cinema.

– Bom, eu conheço o Talisson.

– Quem é Talisson?

– Um cineasta. Ele está começando a carreira como roteirista e foi na minha escola no ano passado, a convite da professora de Literatura, para falar sobre cinema brasileiro, filmes autorais. É que nós fizemos um curta-metragem sobre uma obra literária depois da visita dele. Trabalho dessa professora.

– Nunca conversei com nenhum cineasta. Deve ser legal.

– Primeiro nós assistimos ao seu curta e depois ele abriu para debate. Era a história de uma garota que mora com a mãe e o padrasto. Ela não gosta dele. E não sabe por que o pai foi embora. Espera carta, telefonema, qualquer notícia. Mas não vem.

– E...?

– Não tem mais. Acaba assim. Nessa espera.

– Credo! Que angustiante!

– Era a intenção dele.

– Mas por quê? Adepto a finais infelizes?

– Às vezes, a vida não é assim? Você fica esperando, esperando... deixando o tempo passar? O que você pode fazer pelo seu presente?

– Gostar do padrasto?

Eu ri.

– Não sei. Tem muitas coisas que ela poderia fazer por si mesma e não necessariamente gostar do padrasto. Ela escreve cartas diariamente. Por que não a escrita? Por que não um livro? Sei lá.

– Tipo filme cabeça.

– Eu gostei. Falando assim é diferente, você teria que ver para tirar suas conclusões. A fotografia é linda, poética. Show.

– Tem filmes que mexem mesmo com a gente.

– Nada é escolhido aleatoriamente, o diretor sempre tem um motivo. O que será que ele queria que a gente sentisse? Acho legal pensar nessas coisas, é isso que ando fazendo ultimamente, pesquisando sobre cinema, lendo entrevistas, artigos... E analisando filmes, quer dizer, tentando entender como foram pensados e me perguntando se eu teria feito do mesmo modo.

– Qual teria sido seu olhar.

– Exatamente. Eu tenho um blog, faço resenhas de filmes.

– Ah, é? Quero ler!

– Eu te passo o endereço e depois me fala o que achou.

– Muito bom quando a gente descobre o que quer.

– E você? Desde quando pensa em ser médica?

– Desde que eu nasci.

Dei risada.

– É brincadeira. Mas faz muito tempo. Minha mãe guarda uns desenhos do Ensino Infantil em que eu desenhei nossa família e uns prédios, dizendo que eram hospitais onde iria trabalhar e cuidar de todo mundo. Ninguém sabe de onde tirei isso porque na minha família não há médicos.

– E onde acha que se inspirou?

– Não sei. Talvez no trabalho dos meus pais. Eles não são médicos, mas trabalham com pessoas. Minha mãe sempre me ensinou a ser alguém que pensasse nos outros e não apenas em si mesma. Que tivesse um olhar crítico sobre os acontecimentos, as situações, sobre a vida, enfim. Tudo a ver com a Medicina.

– E com o Cinema.

Medicina, cinema... Temas que funcionavam bem.

Política, não. Este ficou o tipo de assunto proibido entre nós. Adotamos a postura de não levantar polêmica, nada que pudesse estragar a amizade.

De fato, um combinado que jamais existiu, já que nunca foi falado, apenas pensado, como num código. Havia uma espécie de regra interna ligada a um dispositivo que nos alertava, caso fôssemos cair em algo que nos levasse ao tema. Desviávamos com naturalidade. Mais eu do que ela. A qualquer sinal de perigo eu me antecipava, me fazia de morto e achava outro caminho. De polêmicas, já bastavam as que eu lia nas redes sociais.

Tudo fluía entre nós.

Pessoalmente ou por mensagens no celular. Nossa amizade estava legal, em ascendência. Estranhamente ou não.

Até que...

19

Terminava de me arrumar, quando minha mãe apareceu dizendo que eu estava cheiroso.

– É?

Ela se aproximou para sentir mais de perto, fungou meu pescoço e deu seu veredicto:

– Perfume gostoso.

Sorri.

– Está querendo agradar alguém ou é impressão minha?

– Impressão sua.

– Sei.

Passei gel no cabelo, olhei no espelho.

– Vou ao cinema com uma amiga.

– Que amiga?

– Você não vai acreditar, mas fiz uma amiga aqui no prédio. Não vive falando que eu não faço amizade? Que tenho os mesmos amigos de sempre? Pois se enganou, dona Vívian, rá-rá-rá.

Ela me olhou desconfiada:

– Quem é?

– Mora no quinto andar. O nome dela é Maria Aline. Conhece?

– Ahn... Pode ser. Você esqueceu a Melissa?

– Mãe, por que você insiste em falar na Melissa?

– Eu não insisto, perguntei por perguntar. Você vivia tão chateado...

– Não quero mais falar naquela menina, ela me deu um tremendo fora. Infelizmente encontro com ela todos os dias, mas posso garantir que não tô mais nem aí.

– Tá certo. Não precisa ficar bravo.

– Não tô bravo.

– Então, me fala da Maria Aline.

– Não tenho nada pra falar, mãe. Outra hora a gente conversa.

– Ah, mas nem acabou de se arrumar ainda!

Fiz uma pausa e mirei os olhos dela. Aproveitei a deixa, já que minha mãe se mostrava interessada nos meus planos:

– O que você acha de eu fazer Cinema?

– Como assim, fazer cinema?

– Faculdade, mãe.

Ela não respondeu na hora. Ficou de um jeito indecifrável, voando. Tive de trazê-la de volta ao planeta. Então, ela sorriu dizendo um "que legal!" não muito convincente e completando que não sabia se isso daria certo, ou seja, se seria possível viver de cinema no Brasil.

– Não ligo – afirmei.

– Não liga agora, que é novo.

– Não ligo nunca. Mãe, tô indo – dei um beijo nela e saí, sem dar maiores chances.

Maria Aline e eu vimos um filme nacional que estava em cartaz no cinema de um dos shoppings da cidade. Eu tinha lido na internet bons comentários a respeito dele. Convidei e ela topou.

Depois da sessão, nos sentamos em uma das mesas da praça de alimentação para comer e conversar. Critiquei algumas cenas.

– Você não gostou? – ela perguntou. – Achei lindo!

– Não disse que não gostei. Mas faria diferente algumas coisas.

– O quê?

– Por exemplo, o envolvimento do personagem principal com a menina. Não senti consistência nessa paixão deles.

– Claro que tinha.

– Em que momento isso aconteceu? Como foi que os dois se apaixonaram?

– Você não lembra como ele ficou quando ela estava dançando? A cara dele? Foi aí.

– Tá. Mas não é assim que um romance começa.

– E como é que começa?

– Precisa ter um envolvimento. Eles trocaram meia dúzia de palavras e já se apaixonaram? Rá.

– Você tá muito crítico hoje. É um filme bonito, sim. O que me diz da cena do pai com o filho na bicicleta? A cumplicidade dos dois? Aquela estrada de terra. Emocionante.

– Não estou dizendo que o filme é ruim, são detalhes que enxerguei, só isso. A fotografia é linda, sem dúvida. Emociona. Que seria de um filme sem uma bela fotografia? Minha mãe era fotógrafa, ela entende disso melhor do que eu. Pena.

– Ela não fotografa mais?

– Não.

– Por quê?

– Difícil entender. Já incentivei algumas vezes, não adianta.

– Seu pai te ensinou a andar de bicicleta?

Achei a pergunta fora de contexto.

– Como no filme. Responde!

– Sim, meu pai me ensinou a andar de bicicleta. Eu e o Renato. Satisfeita?

– Aprendi sozinha.

– Ah, que mentira.

– Tenho dois irmãos mais velhos, esqueceu? Você não imagina o que eles aprontavam comigo. Aprendi na marra. Nadar também foi assim. Me jogaram na piscina.

– Coitadinha dessa menina... Rá-rá-rá. – coloquei a mão em seu rosto, fazendo um carinho.

– Posso falar uma coisa?

– Claro.

– Acho você diferente – pausa. – Não se parece com a sua família.

– Você nem conhece a minha família.

Talvez meu tom de voz tenha sido meio agressivo,

também não sei por que nessa hora resolvi bancar a leoa que defende os filhotes.

Ela ficou sem graça.

– Desculpa.

– Olha, Maria Aline. Você é legal, mas esse tipo de discussão, sinceramente, não tô a fim.

– Eu não ia discutir com você. Achei que já tivesse superado...

– Superado, o quê?

– A nossa briga, aquela história de que ninguém vai votar...

– Não quero falar de política!

– Tá, desculpa, mas...

– Não tem *mas*, Maria Aline. Não quero, não falo nem com meus amigos, pra sua informação. Além do mais, a gente não estava falando do filme? Não estamos falando da vida real. Quer saber? Acho que tem muitos espaços no filme, vazios demais para o espectador preencher. Vou escrever isso no blog.

Ela ficou em silêncio um instante. Eu esperava que ela me contestasse, como no caso do romance entre o rapaz e a menina.

Mas Maria Aline veio de novo falar da vida real, pisar em campo minado:

– Por que você se esconde, Pedro?

Dei uma risada sarcástica, virando meu rosto para o lado. Voltei-me para ela após algumas respiradas:

– Me escondo? O que você sabe de mim?

– Posso não saber tudo. Mas você foge.

– Eu?

– E não? Você acha que dá pra tocar num assunto mais sério com você?

– Por acaso o que conversamos não é? Você não leva a sério quando falo sobre um filme, sobre o meu desejo de fazer cinema? Não devia ter te contado nada sobre o blog, porque eu levo a sério o que escrevo!

– É claro que é sério também! Mas toda vez que eu começo a falar sobre política, você não deixa, desvia do assunto. E eu fico cismada em continuar porque penso que vai ter uma reação igualzinha a esta que tá tendo agora!

– Você quer falar mal do meu pai.

– Eu não disse isso.

– E quer que eu concorde.

– Você ouviu o que eu falei?

– Ouvi.

– Ouviu nada.

– Pedro... – disse meu nome e depois se calou. Seu rosto me dizia que não queria brigar, percebi.

Talvez quisesse tentar me convencer que eu *devia* falar. Que eu me escondia (o que não era verdade), que não aceitava não ter a mesma personalidade das outras pessoas da minha família (claro que eu aceitava!), e que não ser como eles não significava que não os amasse, apesar de todas as diferenças existentes entre nós. Que falar de política ia muito além de falar mal de um candidato. Éramos políticos, quer quiséssemos ou não.

Mas vou ter que escrever isso num capítulo à parte.

20

A palavra política é de origem grega – vem de *pólis*, cidade – e muito já se discutia sobre o assunto entre os filósofos e escritores da Grécia Antiga. Um desses filósofos, Aristóteles, disse que o homem é um animal político, uma vez que não pode viver isolado e necessita da companhia de outras pessoas.

Na Antiguidade, as leis eram debatidas e criadas para que se alcançasse o bem comum, pois entendiam que os problemas de uma sociedade são problemas de todos e, assim, todos precisam resolvê-los.

Querendo ou não, as pessoas são obrigadas a tomar decisões e, dependendo de suas escolhas, as consequências poderão ser boas ou ruins. Mesmo assim, há quem prefira se omitir, deixando a tarefa por conta de uma minoria. Não há democracia nem justiça quando apenas algumas pessoas tomam as decisões e as outras simplesmente obedecem. Por isso é tão importante participar. E participar não se resume a votar numa eleição. Vai além.

Vai além, mas termino por aqui a linha de raciocínio da Maria Aline.

Termino quase aqui. Dá para encerrar com sua última e grandiosa frase: "infelizmente, não há cultura política na nossa sociedade".

Em vez de médica, ela deveria ser prefeita.

– Você tá repetindo o que sua mãe disse na palestra.

– São coisas que aprendi a vida inteira.

– Não tenho nada a ver com isso.

– Como não, Pedro?

– Esta conversa tá tão chata, sabia?

– Vai ver que o problema sou eu. Mas sinto dizer, meu querido, sou assim mesmo: chata!

– Então, tá!

– Melhor a gente ir embora!

– Ótima ideia!

– Quer dizer, eu vou. Pode ficar, se quiser.

Ela se levantou. Eu também. Ficamos sérios, mais do que sérios, emburrados, mal-humorados, birrentos.

Aí, eu perguntei:

– Por que a gente tá brigando de novo?

Maria Aline desmanchou a cara feia. Suavizou.

Valia a pena brigar por causa de política?, perguntei-lhe, com toda a sinceridade da alma.

Ouvi que não era essa a questão.

E começou tudo de novo.

Poderíamos ficar até de madrugada discutindo e não chegaríamos a conclusão alguma. Eram pensamentos diferentes, por que é que um de nós teria que ceder? A mãe dela não tinha falado em pontos de vista? Pois então. Aqui, cada um tinha o seu e pronto, acabou.

Não contei a ela, mas, a partir daquele dia, comecei a pensar melhor no assunto.

Era coerente.

21

Naquele quinze de junho, fui recebido na escola com olhares e sussurros, típicas atitudes de quando você faz parte do assunto. Como isso andava acontecendo com certa frequência, simplesmente ignorei e passei reto.

Ao encontrar meus amigos, Cléber foi logo perguntando se eu já estava sabendo. Sabendo o quê?, devolvi. Renan tomou a frente e disse ter passado por dois alunos quando estava a caminho e que eles também comentavam.

Mas preciso voltar uma semana, nos dias tumultuados que se passaram, e que fiz o possível para me distanciar. Contrariando Maria Aline, achei que tomar distância me deixaria em paz.

As notícias nas redes sociais se tornaram mais intensas, as pessoas se portavam como se estivessem numa arena onde se disputa um prêmio: "quem vencer leva". Cansei sobremaneira que me desliguei de tudo, queria que se explodissem com suas ideias imutáveis, que continuassem se digladiando bem longe de mim.

Antes dessa decisão, porém, liguei para meu pai:

– Pai, sou eu.

– Oi, Pedro!

– Pode falar agora?

– Posso te ligar daqui a pouco?

Fiquei chateado.

– Tenho opção?

– Você não está bem?

– Não.

– Filho, estou numa reunião, não posso falar agora.

O jeito era esperar.

Não demorou muito, me ligou. Sem rodeios, perguntou o que tinha acontecido.

– Me bateram na escola por sua causa.

– Quê?!

Mentira, claro. Aliás, não sei por que me deu vontade de falar uma coisa dessas. Acho que, no fundo, queria castigá-lo. Fiquei mudo por alguns instantes a fim de provocar nele um pouco mais de sofrimento.

– Pedro? O que aconteceu? Você está bem? Como assim, por minha causa?

– Eu explico – falei calmamente, me descobrindo perverso nessa hora, sentindo um quê de satisfação.

– Pedro, a gente tem que ir à polícia!

– Pra quê?

– Como, pra quê?

– Pai – fiz uma pausa estratégica. – "Me bateram" é modo de dizer.

Ele ficou mais bravo que aliviado:

– Você está de brincadeira comigo?

– Acontece que eu não aguento mais essa situação. Você é culpado ou inocente? Por que não joga limpo? Qualquer hora vou sumir, tô avisando!

– Você enlouqueceu.

Não gostei do pouco-caso que percebi na voz dele. Deveria ter continuado mentindo.

Se antes eu tentava demonstrar algum equilíbrio, nessa hora o perdi de vez:

– Se você é inocente, por que não prova logo que é? Por que deixa as pessoas falarem o que falam? Não aguento mais nem olhar minha rede social, a toda hora alguém compartilha uma porcaria a seu respeito, eu não sirvo pra viver nesse tipo de conflito, eu quero sumir desse rolo, faz alguma coisa!

Meu pai emudeceu. Não ficou mais bravo. Ao contrário, compreensivo, procurou me acalmar.

Eu estava mesmo muito nervoso. Por que essa situação mexia tanto comigo, eu não sabia. Por que não mexia com a minha mãe nem com o Renato, também não.

– Filho, calma. Vamos almoçar juntos amanhã e conversamos melhor, o que acha? Você precisa ter paciência, essas coisas levam tempo e, além do mais, ninguém tem nenhuma prova contra mim. Posso lhe adiantar que tudo está caminhando para um final feliz, fique tranquilo. Olha, quer mudar de escola?

– Pai, a questão não é essa. Não é a escola, entende? É a cidade inteira!

– Você sempre foi exagerado, não é bem assim.

Fiquei irritado de novo:

– Estou cheio disso! Cheio!

Desliguei o telefone.

Ele me ligou de volta. Insistiu para almoçarmos juntos e acabei concordando. Mas aí apareceu um compromisso de última hora e ele me pediu um milhão de desculpas, que o tempo estava apertado, que só mesmo no final de semana.

Quando chegou o sábado, meu irmão resolveu ir junto, apesar de não ter sido convidado diretamente. No restaurante, meu pai perguntou se eu estava mais tranquilo, ao que o Renato respondeu que eu andava estressado, e eu repliquei mandando-o calar a boca. Meu pai apaziguou o clima, já nos contando que trazia boas-novas, que seu advogado tinha lhe assegurado que tudo caminhava bem no sentido de colocarem fim aos boatos infundados. "Que bom, pai!", Renato comemorou, tranquilo como sempre, dizendo que estava estudando pra caramba, que ia ser aprovado com toda a certeza. Estava adorando tudo o que lia sobre sua futura profissão e "aliás, bem que eu poderia me encontrar com esse seu advogado, né? Aí ele já me explicava como tá fazendo, essas coisas de processo, ia ser legal acompanhar". Enfim, como as pessoas têm a tendência de acreditar naquilo que querem, meu pai ficou meio que babando pelo filho ser este exemplo de pessoa. Mas mandou o Renato estudar, o momento era focar nos estudos.

Resolvi que a única coisa que eu efetivamente poderia fazer era me desligar de tudo, enfiar a cabeça na terra, olhar para o meu próprio umbigo e riscar a palavra política do meu vocabulário. Dali para a frente, incorporaria o "não sei, não quero saber e tenho raiva de quem sabe".

Por isso, aquele quinze de junho parecia ser um dia como outro qualquer, mesmo com algumas pessoas cochichando e me olhando de lado nos corredores.

Cobrei meus amigos sobre aquele "você já tá sabendo?", sobre o fato de não terem me contado antes, por que só agora é que tinham me avisado.

Renan foi categórico:

– Você esquece que proibiu a gente de falar de política? Mas não foi por causa disso que não te contei. Sinceramente, achei que não fosse rolar.

Cléber completou:

– Mas pelo jeito vai.

Era a primeira vez que organizavam uma manifestação contra meu pai. Era muito blá-blá-blá nas redes sociais, na rua, mas nunca ao vivo, cara a cara. Não fiquei bem com essa situação, senti um gelo no estômago ao ficar sabendo, a sensação de que eu devia ter feito algo e não fiz.

Obviamente, pensei no meu pai, se ele já estava por dentro de tudo. Talvez, como os meus amigos, ele também achasse que isso não chegasse a se concretizar.

Lembrei das palavras do Renan sobre ter ouvido a conversa de dois alunos da escola. Perguntei-lhe do que se tratava, se por acaso eles iam me cercar e me punir por eu ser filho de quem eu era. Dois brutamontes me pegando à força para que eu denunciasse onde meu pai estava escondido.

Fui sarcástico ao encarar aquilo como piada, logo depois minha consciência me condenou.

Renan cortou meu pensamento, que já tinha voado e misturado tudo, como sempre:

– A manifestação tá marcada para as quatro horas.

22

Fiquei apreensivo toda a manhã, pois tentei falar com meu pai diversas vezes, mas a ligação só caía na caixa postal. Celular desligado? Entrei numa paranoia, talvez por causa de tudo o que andei lendo e assistindo, de repente minha cabeça imaginava cenas de repressão e violência, e tudo parecia tão real, que acabei acreditando que meu pai corria algum tipo de risco e que eu precisava avisá-lo urgentemente.

Enfim, na hora do almoço, ele me atendeu:

– Puxa, pai! Tentei te ligar a manhã inteira! Onde você estava?

A voz era tranquila:

– Trabalhando, ué! Filho, estou almoçando com os dirigentes do partido, e estamos resolvendo uns assuntos.

– Da manifestação?

– Ah, só um minuto, é o meu filho Pedro... Não, não, você tem razão. Podemos fazer assim, claro.

– Quê?

– Só um minuto, por favor.... Pedro, agora não é a melhor hora para conversarmos, minha agenda hoje está explodindo de tantos compromissos. Me liga à noite, está bem? Um beijo.

– Pai, você precisa me ouvir! Pai!

Passei a tarde à procura de novos fatos na internet. Li notícias antigas, umas mais recentes que repetiam quase a mesma informação e outras que chamavam o povo para se manifestar contra o governo do meu pai. Exigiam que ele explicasse por que as obras da Avenida América não foram concluídas, onde estava o dinheiro destinado para isso, e que acima de tudo faltava clareza em sua administração.

Não posso afirmar que as pessoas estivessem erradas, pois essas eram as mesmas perguntas que eu fazia e não obtinha resposta.

Não procurei minha mãe para questionar o que quer que fosse e também não lhe contei que ia sair.

Eram três horas da tarde quando fechei a porta da sala.

O movimento nos arredores da prefeitura era intenso. Eu sabia a direção que as pessoas tomavam, as conversas recortadas aqui e ali eram capazes de me indicar o percurso. Eu poderia seguir junto, que ninguém seria capaz de me reconhecer, eu estava seguro, no anonimato.

Sobre manifestações eu sabia apenas o que via pela tevê ou pelas redes sociais, e o que me vinha à cabeça eram cenas de bate-bocas, brigas, quebra-quebra. Não que a minha cidade fosse a mais pacata do país, mas eu não me lembrava de grandes movimentos em prol de alguma coisa. Acho que foi a primeira vez. E não gostei.

Senti um tremor, como se eu tivesse que correr para avisar, ou, interpretando de forma mais heroica, salvar meu pai da multidão enfurecida.

O fato de as pessoas se dirigirem à prefeitura, e eu ali, acompanhando o fluxo, me fez sentir como se eu fizesse parte do cortejo reclamante, como se eu não fosse o filho, mas sim um deles, o inimigo. Essa estranha cena em que me vi me deixou ainda mais perdido, intrigado e confuso e, por um momento, não consegui saber de que lado eu realmente estava ou qual o lado seria certo estar.

Tirei o celular do bolso para checar as horas e ultrapassei meia dúzia de homens e mulheres que andavam na minha frente.

A mais ou menos um quarteirão do local do encontro, mais pessoas se reuniam, formando pequenos grupos. Passei pela multidão, me infiltrando em meio aos cartazes, e tentei entrar no prédio da prefeitura.

Não consegui, fui barrado por um guarda. Falei que eu era o filho do prefeito e que precisava falar com meu pai. Mesmo diante desse argumento, ele não permitiu que eu entrasse. Tirei de dentro de mim uma empáfia que achei que só existisse em pessoas muito idiotas e metidas a besta, nunca em mim, e perguntei se ele não tinha entendido direito. O guarda me olhou de cima, literalmente, já que era uns quinze centímetros mais alto do que eu, e simplesmente falou que cumpria ordens e que, se eu tivesse autorização para entrar, bastava pedir para alguém avisá-lo, caso contrário, a porta não seria aberta. Tentei mais uma vez, apelando agora para o sentimentalismo, que era *muito* importante, que eu *precisava mesmo* falar com meu pai antes que fosse *tarde*. Inútil.

Saí da frente dele com muita raiva. Alguns jornalistas tentavam cercá-lo pelo mesmo motivo. Ouvi quando o guarda respondeu que a assessoria de imprensa já falaria com eles, que esperassem, como os outros. Outros, quem?, pensei. Aquelas pessoas todas achavam que iam entrar na prefeitura para falar com meu pai?

Fiquei ainda mais preocupado, imaginando coisas, fantasiando que de repente uma multidão arrombaria a porta de vidro, jogaria o guarda nas alturas e subiria em peso os dois lances de escadas a fim de invadir a sala do prefeito. Ele, acuado, erguendo as mãos (erguendo as mãos?), pedindo que não lhe fizessem mal. Aí haveria uma luta entre seus assessores e a população, um confronto totalmente desequilibrado, ninguém mais sabendo quem estava contra quem, só lutando sem saber por que causa, enquanto meu pai dava o fora de fininho, dando uma banana para eles. Era muita imaginação. Concordo.

Mas tive uma ideia. Não por causa desses segundos criados na minha mente, e sim motivado pelas câmeras dos repórteres aliadas ao desejo de me tornar cineasta.

Afastei-me um pouco daquele microespaço para que eu pudesse alcançar um ângulo melhor, já que de onde eu estava não conseguia ter uma visão geral, apenas uma porção de gente falando ao mesmo tempo.

Nessa hora, meu pensamento encontrou as palavras da mãe da Maria Aline:

Tudo é História.

Tirei meu celular do bolso, liguei a câmera e comecei o registro do que não era só mais uma das muitas manifestações ocorridas no país.

Pelo menos, para mim.

23

A adrenalina chegara ao fim.

Eu me sentia esgotado, fraco, como se tivesse escalado um morro e exaurido todas as minhas forças.

Durante uma hora, mais ou menos, fiquei sentado no banco de uma parada de ônibus, ali perto, esperando alguma coisa que eu não sabia direito o que era. Que havia sumido de mim ou então se modificado com o passar daquele dia. A freada do ônibus foi o único barulho que arrastou meu pensamento para as pessoas que subiam e desciam degraus. Mas não demorou até eu voltar na mesma, na falta de esperança que teimava engrandecer me jogando para as extremidades. Já não sabia se eu era este ou aquele, nem onde devia ficar, me sentia dividido, sem meios-termos entre o certo e o errado, o bom e o mau.

Cheguei tarde em casa, minha mãe demonstrou ter sentido minha falta, e eu não achei isso ruim.

– Como é que você sai e não avisa?

Minha defesa foi óbvia:

– O Renato vive fazendo isso e você não fala nada.

A explicação dela também:

– Você não é o Renato.

Eu estava chateado demais para brigar. Nem podia condenar minha mãe pela bronca, saí sem avisar e voltei não querendo.

Ela estava na sala à minha espera, disse ter ligado para meus amigos todos, até para meu pai, que também não sabia de mim, mas falou que provavelmente eu estaria na casa de um colega. Minha mãe me conhecia muito melhor do que ele para saber que, se eu não estivesse na casa do Cléber e do Renan, também não estaria em nenhuma outra.

Depois daquela pequena discussão, se é que eu poderia chamar assim, fui para o meu quarto e fiquei acessando as redes sociais, vendo e revendo minha gravação e me julgando o pior futuro cineasta que já existiu na Terra. Mais amador impossível.

Quis quebrar o celular, mas no mesmo instante me lembrei de que não teria outro. Joguei no chão meu travesseiro, o objeto mais próximo de mim e, inaudível que foi, fiquei com mais raiva do que antes.

Mirei a cômoda à minha frente e pensei ter achado o que queria. Levantei-me num ímpeto, passei o braço num movimento de dentro para fora, e o porta-retrato voou na mesma hora.

Olhei para o chão, para o vidro trincado e dei um murro certeiro, descontando a raiva naquele menino de oito anos, no meio da onda, no ombro do pai.

Fiz uns pequenos cortes na mão, nada grave. Não doeu ou, se doeu, pouco senti, pois os arranhões internos eram maiores e mais dolorosos do que os externos.

Fui ao banheiro e fiquei com a mão debaixo da água, que escorria e manchava a pia de cor-de-rosa. Fechei a torneira um minuto depois e me olhei no espelho, encontrando uma fragilidade que não combinava nem um pouco com aquele Pedro de momentos antes.

Não dava para viver num mundo de fantasias. Mas eu ainda não tinha encontrado a fórmula para viver num outro mais concreto, sem sofrimento.

Eu não queria sofrimento.

Queria sumir.

Lavei o rosto, passei a toalha rapidamente e abri a gaveta do armário tirando um curativo adesivo. Coloquei mais para estancar aquele sangue fino que teimava em não parar de jeito nenhum.

Voltei para o meu quarto, fechei a porta, catei os cacos de vidro e o porta-retrato desconjuntado. Arranquei o restante dos pedaços, encaixei uma parte da madeira na outra e o coloquei de volta em cima da cômoda. A fotografia tinha um único esfolado, estava praticamente intacta.

Faltava pouco para a meia-noite, quando entrei no quarto da minha mãe.

DEPOIS

1

Não fui embora. E o curativo continuava pregado na minha mão.

Renato chegou pouco depois da meia-noite, não sei o horário exatamente, mas escutei quando ele fechou a porta da sala.

Por um momento, pensei que alguém fosse abrir a porta do meu quarto, já que a luz acesa dizia que eu ainda não estava dormindo. Mas meu irmão não faria isso àquela hora, a menos que tivesse algo importante a me dizer. E a minha mãe...

A casa estava silenciosa.

Peguei meu celular e apertei o *play*, revendo cenas da manifestação. Os melhores momentos, como as emissoras de tevê anunciam todo o trinta e um de dezembro.

Já não é mais rua o que se vê.

Carros, motos e bicicletas são impedidos de transitar. Decifro vozes, que se unem em rima, como se o coro tivesse sido cansativamente ensaiado. Mas não foi. Tudo acontece ao vivo, no improviso, diante da minha câmera.

As pessoas buscam respostas. Buscam um sentido. Qual o sentido de um governante representar o povo se não for para representar o povo?

Mantenho a mão firme, quero entender aonde aquilo vai chegar. Desvio o pensamento, pois isso não me diz respeito, meu único propósito é filmar e mais nada. Sou o cinegrafista, sou quem registra a História que ficará.

Giro a câmera lentamente, com a exatidão de um profissional.

Já não quero mais o enquadramento aberto, esqueço a cena que eu mostrava antes, toda a amplitude, e fecho.

Dou um close na garota razoavelmente alta, um pouco magra, de cabelos volumosos e encaracolados, presos num coque, no alto da cabeça.

A garota me vê, seus olhos vidram. Tudo para. Palavras cessam, ficam em suspenso, cortadas e sem rima. A boca semiaberta, o rosto pálido, translúcido, ela treme. Treme pelo flagrante de uma câmera que deixou de girar trezentos e sessenta graus para se deter num único foco: ela.

Ela!

Que engrossa o bolo contra o meu pai.

Desde o começo, sabíamos das nossas posições divergentes. Desde o começo eu conhecia sua visão de que "todo homem é um animal político". Que num regime democrático, as questões devem ser pensadas em conjunto, que não se pode aceitar as imposições nem as decisões de um pequeno grupo cujos únicos interesses são apenas os próprios e nunca os da sociedade.

Que se dane, Maria Aline, com tudo o que pensa.

Abaixei o celular, mas não os olhos. Tive a impressão de que ela quis dar um passo na minha direção. Ameaçou. Mas não deu. Continuou onde escolheu estar.

Era o fim.

2

Naquela noite, tive pesadelos. Acordei na penumbra, fui ao banheiro e acendi a luz.

Eu era um menino que desaparecia na frente do espelho.

Olhei para baixo e procurei o corte feito na mão com o vidro do porta-retrato. Lá estava ele. Fiquei aliviado porque eu me sentia, sentia um corpo, podia me tocar, mas, quando eu olhava no espelho, não havia nele nenhum reflexo. Queria me ver, e nada. Estou aqui! Eu existo, olha só a minha mão! O curativo!

O espelho não enxergava nada.

Voltei para a cama e tive a sensação de que dormi e sonhei com a continuação do sonho.

Se tudo isso fosse um roteiro de filme, o que você diria?

De repente, não existe nada.

Nada do que falei é verdade, são apenas personagens, eu nem tenho quinze anos, mas quase trinta, não tenho pai político, e nunca houve Melissa nem Maria Aline. Toda história tem uma família, pai, mãe, irmão, tio, avô. Amigo, inimigo. Um desencontro, um romance, uma cidade onde tudo se passa ou ainda vai passar.

Perdi hora de manhã. Acho que ouvi minha mãe me chamando uma vez. Uma única vez. Dormi de novo. E ela não me chamou mais.

Acordei assustado umas dez horas, achei que meu celular tivesse ficado louco. Essa hora, já? Repassei na minha cabeça se tinha perdido prova ou trabalho importante. Mais tranquilo, mexi no celular. Tinha uma mensagem da Maria Aline.

Não tenho por que esconder, mas de repente me vi escondendo. Ficou esquisito manter uma opinião, porque essa opinião magoava alguém que eu não pretendia magoar. Não sei o que dizer, a não ser que sinto muito. Quer conversar?

Minha mãe estava na cozinha, parecia que me aguardava para o café. Não tive coragem de olhar para ela, de encará-la. Me senti pequeno, com vergonha.

– A gente pode conversar?

Sem responder, peguei um copo de água e me sentei. Havia uma xícara de café vazia na frente dela, o fundo marrom, borrado e seco.

– Não te procurei ontem, porque não sabia o que dizer.

– Você disse. Com o silêncio.

– O silêncio não diz.

– Diz muito.

– Tem razão, concordo. Mas ele não significou um não. Eu precisava pensar.

– Se queria ir embora comigo? Você sabia que eu não iria. Não tinha a obrigação de me levar a sério.

– Eu precisava pensar sobre a minha vida.

– Quis tanto que você pensasse, agora deixa pra lá. Nada a ver.

– Nada a ver, o quê?

– Não quero mais saber. A vida é sua, faça o que quiser, aliás, que todo mundo faça o que quiser. Chega dessa complicação, não sei por que fico me metendo onde não sou chamado.

Ela se levantou com a xícara, passou água e colocou mais café. Tomou um gole antes de voltar à mesa.

– Foi mesmo Cultura e Diversidade. Eu me lembrei.

A foto premiada. Certo. Lembrei também.

– Fui passar o fim de semana em um sítio, com um namorado que eu tinha na época. Gostava muito de caminhar no mato, achava uma trilha e logo me enfiava nela. Queria respirar. E fotografar. Muitas vezes a trilha era só um pretexto, nem sempre a completava porque já tinha parado tanto olhando árvores, raízes, folhas, coisas miúdas que são comuns de se ver, mas que de repente e sem motivo nossos olhos enxergam além. Eu tinha uma máquina muito simples. Você é de uma geração em que a fotografia vem com todas as facilidades, a imagem praticamente se oferece a você. Basta clicar. E sai tudo ótimo, defeitos corrigidos, não é preciso fazer nada, acertar nada. Está pronta, perfeita. Se não, basta apagar. Mas a minha não fazia isso, nem era digital, e a escolha tinha que ser certeira, se errasse, desperdiçava. Precisava ter o olhar atento para descobrir, adivinhar, achar que aquela imagem mereceria o *click* e valeria a pena ser revelada mais tarde. Num certo momento, desviei um pouco do caminho, entrando na mata. João, este era o nome dele, perguntou aonde eu estava indo. Volta!, ele disse. Voltei, nada. Foi por causa de umas flores, quer dizer, de um colorido bonito numa grande árvore, que eu me distanciei. João ficou parado na estradinha, me esperando e vigiando de longe. Acontece que ao chegar nesse lugar vi outra coisa, um pedaço de telhado numa baixada, e resolvi seguir o rastro. Imaginei várias fotos legais de portas e janelas, mais ou menos isso. O João veio atrás de mim, preocupado que eu me perdesse. A mata foi se abrindo, até que eu cheguei nessa casa do telhado. Havia uma grande árvore na frente dela, copa imensa, linda de morrer. E uma menina sentada, ao pé do tronco, brincando. Ela devia ter uns quatro ou cinco anos, estava bem à vontade, com uma colher raspava a terra dura, levando o que conseguia – e conseguia pouco devido à secura da terra – para uma panelinha de plástico cor de sujeira e de cabinho fino. Ergui a câmera lentamente, muito quieta para ela não se mexer; eu queria essa cena linda e inocente do jeitinho que estava, assim, perfeita. Dei um passo para ajustar o ângulo e pisei numas folhas secas. A menina ouviu e ergueu a cabeça. A colher ficou no ar enquanto a outra mão mantinha da mesma forma a panelinha. Foi nesse momento que nossos olhares se cruzaram. Minhas opções eram: ou posicionava a câmera naquele exato segundo ou então poderia dizer adeus à foto – a menina iria sair correndo, sumir de vista, eu era uma completa estranha invadindo seu quintal. Aproximei a máquina do meu rosto, fechei um olho, focalizei a menina com sua panela, o tronco, a casa de fundo e apertei o botão. Ela ainda me olhava, do mesmo modo, dei um sorriso, ela abaixou a cabeça e despejou a terra da colher na panelinha. Continuou com o que fazia sem se importar comigo, como se não tivesse ocorrido nenhuma pausa em sua brincadeira. João apareceu, imediatamente estiquei o braço para ele não avançar, mas aí sim a menina se assustou e correu para dentro de casa. Na segunda-feira, revelei a foto que, para mim, foi inspiradora. Aquele olhar de plena aceitação, de amizade, de quem confia me disse que eu tinha feito muito mais do que revelar uma imagem. Era uma história. A história de um país de extremos, de discrepâncias. De absurdas faltas de um lado e de escandalosas ganâncias de outro. Acho que nunca mais tirei uma foto com tamanha expressão. Voltei naquele lugar com a fotografia impressa. Bati palmas, uma mulher saiu para me atender. Era a mãe. Falei que eu tinha tirado uma foto da filha, se ela me autorizava a divulgar, havia um concurso na faculdade e tal. Ah, mas ela tá feia aí! Descabelada que nem não sei o quê! Se me falasse, eu botava um vestidinho, ajeitava o cabelo... Expliquei que a foto só tinha significado por causa daquela expressão tão profunda, daquele jeitinho mesmo que estava, daquela inocência de brincar e só interromper um minuto para descobrir se poderia ou não continuar, se deveria ou não ter medo, se seria possível confiar. A mulher autorizou. E ganhei o primeiro lugar. Eu achei a foto ontem à noite. Não menti para você, pensei mesmo que tivesse perdido; naquela época, fotografias não ficavam armazenadas em computador, eram reveladas em papel, e papel se vai se não cuidar. Molha, suja, rasga. Mas ela estava intacta, sim, pois a guardei em segurança. Lembrei da caixa com papéis da faculdade, uns recortes, não sei por que não joguei fora. Quando comecei a fotografar política, me desfiz de muita coisa, achei bobagem todas as árvores, flores, toda essa gente que eu fotografava. Imagine, jogar luz sobre a realidade. Eu falava isso, era esse tipo de fotografia que queria fazer. Fotografia não é só beleza, é denúncia também. Mas tudo foi perdendo o significado, só seu pai, a política do seu pai me interessava, esse mundo irreal que você tantas vezes me questionou. Perdi o significado da minha vida. Não tenho mais máquina, só mesmo o celular. Foi o que me bastou durante muitos anos. Então, é isso. A minha vida de antes. O depois você já conhece. O tchau que você me deu pode ser um recomeço.

3

Oi. Você pode descer?

A frase apareceu no meu celular.

Oi.

Fiquei pensando se deveria. Vi que a Maria Aline estava *on-line*, esperando que eu respondesse. Ou simplesmente estava *on-line*, esquece a segunda parte.

Tô indo.

Maria Aline me aguardava numa área do jardim do prédio, num banco de madeira, onde pais costumavam se sentar enquanto seus filhos brincavam no *playground*. Mais do que pais, babás. Acho que as segundas eram mais comuns.

A garota do quinto andar se vestia como de costume: shorts, camiseta e tênis. Mexia no celular, distraída, matando o tempo. Foi o que imaginei.

Ao perceber minha sombra, ela desligou:

– Oi!

– Oi.

– Senta aqui!

Sentei.

– Faz uns dias que a gente não se vê.

– Horários diferentes.

– É. Mas você poderia ter me ligado.

– Não deu.

– Nem pra responder mensagem?

– Semana corrida. De prova.

– No meu colégio também.

– Ahn.

– Não te chamei aqui pra falar de prova. Óbvio.

– Óbvio.

– Pedro, me desculpa! Devia ter falado sobre a manifestação, mas fiquei com receio de te contar. Não é mentira o que escrevi, de repente, ficou tudo esquisito, também não sei lidar com isso, todos os meus amigos pensam como eu e...

– Quem disse que eu não penso? Quem disse que não me preocupo com nada, que sou um alienado?

– Eu não disse que é alienado.

– Sabe qual é o seu problema, Maria Aline? Você rotulou todo mundo da minha família. Não foi só meu pai.

– Já disse que errei nessa parte. E já te pedi desculpas uma vez. Sei lá! Também tô confusa. Nunca pensei que me tornaria sua amiga, muito menos que sentiria por você um carinho tão grande... Pedro... Não quero brigar...

As reticências eram tantas que achei por bem interrompê-las. Beijei Maria Aline.

Beijei porque, em primeiro lugar, senti vontade. Eu estava apaixonado e senti que ela também estava. Em segundo, porque ficou muito claro na minha cabeça que a próxima cena só poderia ser essa, do beijo, e não haveria outra melhor, nem a história poderia acabar de outra forma, se aqui fosse o fim.

Se tudo isso fosse um roteiro de filme.

Um dos filmes antigões a que assisti mostrava um país dominado pela corrupção e um povo que se deixava dominar. O poder sempre estava acima de qualquer coisa e não interessava a forma de como consegui-lo. Todos queriam o poder. Ele aguçava as mentes, despertava desejos.

É filme. É daquela época em que se falava "uma câmera na mão e uma ideia na cabeça", uma espécie de lema dos cineastas preocupados com as questões sociais, culturais, políticas.

Se tudo é História, o que gravei na manifestação também é.

Registrei o momento em que as pessoas se juntaram em frente à prefeitura para buscar respostas, para fazer valer seus direitos de cidadãos.

E as explicações vieram?

Sim. As mesmas. Faltou dinheiro para isso, no meio do caminho aconteceu aquilo, o valor estimado para a obra não bastou.

Algum processo contra meu pai ainda continua. São coisas que levam tempo para se resolver. Enquanto isso, ele segue a vida. Prova alguma contra ele. A eleição passou e ele conseguiu se eleger deputado federal.

A vitória deixou meu pai muito feliz. Quis comemorar com os filhos, até com a minha mãe. Festa de carnaval. Ela não foi. Nem eu. Renato sim, desde o primeiro momento acompanhou tudo de perto, não desgrudou dele por um minuto. Renato era a sequência da família, a continuidade da vida, o sobrenome que perpetua.

– Pedro! – ouvi meu nome, quando deixava a escola de Inglês.

Meu pai estava estacionado do outro lado da rua. Atravessei, fui até a janela do motorista.

– Quer uma carona?

Fiz cara de dúvida.

– Vem.

Dei a volta, entrei no carro e afivelei o cinto.

– E aí?

– Tudo certo.

– Você nem me deu os parabéns, sabia?

– Parabéns.

– Pedro!

– Quando é que você se muda pra Brasília?

– Ah, só no ano que vem, não sei direito... Quer vir morar comigo?

Olhei para meu pai e nem foi necessário dizer nada, pois a estranheza pelo convite estava escrita na minha cara.

– Não precisa morar o tempo inteiro – falou. – Um pouco lá, um pouco aqui...

– Seria impossível por causa da escola.

– Verdade, que cabeça a minha... Mas vai passar as férias comigo, não vai? Brasília é uma cidade linda, vou te mostrar tudo. Não sei por que ainda não te levei lá. A vida passa muito rápido. Sei que prometi mil vezes...

– Acho que não, pai. Não penso em passar as férias lá.

– Não?

Nesse meio-tempo, chegamos em frente ao meu prédio. Meu pai desligou o carro e virou de lado para mim.

– Por que não? Está zangado com alguma coisa?

– Sim, com muitas coisas. Você pode ter passado uma borracha em tudo, um monte de gente pode ter passado, mas eu não passei. Vou estudar Cinema e...

– Cinema?

– ... e mudar o mundo.

– Ora, filho...

– Começando pela minha vida. Não concordo com a política que você faz, não concordo com as injustiças, não concordo com a corrupção.

Meu pai ficou sério. Se ele estava meio que sorrindo, quase zombando do filho ingênuo que diz que vai mudar o mundo aos quinze anos, agora sua cara era de quem se zangava de fato, que se ofendia, mas que infelizmente não podia botar o filho de castigo como se ele tivesse brigado, xingado. Não briguei, não xinguei. Disse o que pensava.

Ele tentou controlar a voz para não perder as estribeiras:

– Você está me acusando de novo?

– Se interpretou assim, então é.

– Achei que você fosse amadurecer.

– Pois eu amadureci. Fiquei perdido nesse dilema certo, errado; bem e mal; mas penso que consegui me achar. Um pouco. O pouco que pelo menos me livra do desespero.

Meu pai emudeceu. Tinha a expressão de quem vê o filho maduro e não um tolo à sua frente.

Retomou, após um tempo:

– E a que conclusão você chegou?

– Que você está errado.

– Ora, Pedro! Nada ficou provado contra mim, você já devia saber.

– Vai terminar as obras que não terminou?

– Só a avenida teve, de fato, problemas com as obras, você está sendo injusto comigo. E ela será finalizada em muito menos tempo do que imagina. Essas coisas acontecem, Pedro, vou precisar da ajuda do governo estadual, mas sei que virá. Vou terminar meu governo com dignidade, pode escrever.

– E o resto? Você nunca me explicou por que colocou tanta coisa cara nas outras obras. Pode explicar agora se quiser. Hoje estou com tempo.

– Você anda se aperfeiçoando nas ironias.

– Sabe que a minha professora disse que eu tenho uma boa pegada nisso? Não te contei, né?, mas ando escrevendo uns roteiros e mostrando pra minha professora de Redação. Ela tem elogiado. Na verdade, tudo começou com as resenhas de filmes que escrevo no meu blog. Ah, também não devo ter contado do blog... Bom, mas é isso. Levo jeito. Ela que disse.

Meu pai ficou calado.

Pensei que ele fosse me mandar sair do carro.

Entramos num jogo de poder, de olho no olho.

O homem é um animal político.

– Não são coisas caras, como está dizendo. É crime usar material de qualidade? Desde quando?

– Qualidade italiana. No mínimo, estranho.

– Pedro, essa história está definitivamente encerrada. Tudo já foi exposto, justificado. Conseguimos um bom preço pelos materiais de indiscutível qualidade e agora chega, está bem?

– Isso cheira a mentira.

– Pedro!

– Pai, quem é que compra material importado para reformar um cemitério? Qual o motivo? Qualidade? Não tinha outro de qualidade fabricado no Brasil, mesmo? Por que importaram lâmpadas para iluminar o viaduto? O questionamento é o mesmo.

– Para tudo isso houve licitação. Sabe o que é licitação?

– Sei.

– Então, não entendo sua dúvida.

– Minha dúvida... – dei um meio riso, o ar passou ruidosamente pelo nariz. – Juro que eu quis me distanciar de tudo isso que te envolvia. Principalmente porque, de certa forma, me atingia também, me fazia mal. Mas as coisas não são assim. Quer eu queira ou não, tudo nos envolve. E não tô dizendo só a mim, que sou seu filho. Envolve todo mundo.

– Escuta, sua mãe falou alguma coisa a meu respeito? Por acaso, ela está com ciúme da Ivana e agora...

– Minha mãe voltou a fotografar.

– Sério?

– Sério.

– Pra que jornal?

– Pra nenhum. É outro tipo de fotografia.

– Bem, eu não tenho nada a ver com o que a sua mãe faz ou deixa de fazer. Meu assunto é com você.

– Pai, eu sou diferente do Renato.

Ele arregalou os olhos:

– E quem disse que eu acho igual?

– Não vou morar com você.

– Nem sei se o Renato vai mesmo, primeiro ele precisa passar no vestibular.

– Ele vai passar. Tá estudando. Quando posso, ajudo.

– Que bom que o Renato se interessou por alguma coisa de verdade!

Dei uma risadinha sarcástica. Ele não viu ou fez que não.

– Vem cá, meu filho. Vamos deixar essas coisas para lá. Estou cansado, esgotado, eu amo você e o Renato, quero um pouco de paz agora, está bem? – Pausa. – Me dá um abraço!

Resisti por um instante.

Até que ponto eu me trairia se o abraçasse?

Até que ponto eu não queria abraçá-lo?

Até que ponto eu estava sendo eu?

Nós nos abraçamos. Ele se demorou no abraço e eu me deixei ficar. Não sabia quando abraçaria meu pai novamente.

Desci do carro, ele me disse um "a gente logo se vê, te pego na saída da escola para almoçarmos juntos, aviso antes".

Concordei.

5

Entrei no prédio, cumprimentei o porteiro e me dirigi ao elevador. Esperei menos de um minuto até que a porta fosse aberta. Ninguém lá dentro.

Apertei o três, o número do meu andar.

Subindo.

Se tudo isso fosse um roteiro de filme, talvez eu devesse ter apertado o cinco e não o três.

Tocaria a campainha do apartamento da Maria Aline, ela abriria a porta com um sorriso, seus braços enlaçariam meu pescoço e então viria o beijo, longamente apaixonado. Ficaríamos abraçados por um tempo impreciso antes de eu entrar e contar a ela sobre o encontro com meu pai. E lhe falaria do curta. Sim! Um curta-metragem, cuja ideia tinha surgido nesse minuto, ou minutos antes, no elevador. Aliás, o elevador. Achava o espaço interessante, quantas pessoas não se encontravam ali diariamente? Ideias diferentes, parecidas... As versões. Os pontos de vista. Os meninos com os malabares, a manifestação, o banco no ponto de ônibus.

Mas talvez não existisse andar nenhum.

Eu morava numa casa, pois detestava apartamentos, tinha uma cachorra vira-lata adotada num dia de chuva e era um daqueles caras que viravam a noite escrevendo roteiros. Dizia que ia mudar o mundo com o cinema, jogar luz sobre a realidade.

A realidade é que o prédio existia.

E no instante em que a porta do elevador se abriu no andar do meu apartamento, subitamente mudei de ideia e não saí dele. Apertei o botão e segui dois andares acima.

E a próxima cena... Aconteceu de forma muito semelhante à descrita, caso isso fosse um roteiro de filme.

Mas não era.

AUTORA E OBRA

© Arquivo da autora

Nasci em Americana, São Paulo. Sou formada em Letras, Língua Portuguesa e Espanhola, e fui professora de Português durante 18 anos. Publiquei meu primeiro livro em 1998, e hoje são quase quarenta obras para o público infantil e juvenil. Há mais de uma década eu me dedico integralmente à literatura, escrevendo e participando de encontros com leitores em escolas e feiras de livros em todo o país.

Ficção e realidade sempre se misturam. Pelo menos, nas minhas histórias. Sou um pouco como o Pedro, personagem deste livro, que adora cinema e tenta entender a falta de ética neste país; sou como a Maria Aline, que acredita que a política faz parte da nossa vida, quer queiramos ou não. Também tenho um pouco da Vívian, mãe do Pedro, que ama fotografia e arte.

O que há de real neste livro?

Tudo. Você pode encontrar uma cena e ter a sensação de que já a viu. Talvez o Pedro lhe pareça familiar em certas ocasiões. A Maria Aline. Ou ainda o Luciano, o prefeito da cidade em que esta história acontece.

O cotidiano desperta inspirações em todos nós. Às vezes, por acontecimentos absurdos, ruins, mas outras vezes nos toca pelos bons, aqueles que nos fazem acreditar que este planeta ainda tem jeito.

Sempre prefiro acreditar, mesmo quando tantos indícios apontem o contrário. Não creio que todos se importem apenas consigo mesmos, que todas as pessoas se sintam alheias aos problemas dos outros, não creio que pensem "ele faz, por que eu não?", "ninguém está nem aí, todo mundo só quer tirar vantagem, mesmo!".

É tanta gravidade que me faz escrever, que estou certa de que nunca conseguirei falar sobre tudo. Escrever, para mim, sempre foi uma maneira de tentar me entender. A mim e a esse mundo que muitas vezes nos parece descabido, cruel, fora de contexto. Pensar é refletir, é "jogar luz sobre a realidade", usando as palavras da mãe do Pedro. "Fotografia não é só beleza, é denúncia também."

A literatura idem.

Tânia Martinelli

www.taniamartinelli.blogspot.com

EDUCAÇÃ
FO